口味单调一点、耳音差一点,也还不要紧,最要紧的是对生活的兴趣要广一点。

汪曾祺

著

万物可期
人间值得

时代文艺出版社
SHIDAI WENYI CHUBANSHE

图书在版编目（CIP）数据

万物可期，人间值得 / 汪曾祺著 . – 长春：时代文艺出版社，2020.7（2023.4 重印）

ISBN 978-7-5387-6440-6

Ⅰ. ①万… Ⅱ. ①汪… Ⅲ. ①散文集 – 中国 – 当代 Ⅳ. ① I267

中国版本图书馆 CIP 数据核字（2020）第 091455 号

出 品 人　吴　刚
责任编辑　李荣鋬
监　　制　黄利　万夏
特约编辑　曹莉丽
营销支持　曹莉丽
装帧设计　紫图装帧

本书著作权、版式和装帧设计受国际版权公约和中华人民共和国著作权法保护
本书所有文字、图片和示意图等专有使用权为时代文艺出版社所有
未事先获得时代文艺出版社许可
本书的任何部分不得以图表、电子、影印、缩拍、录音和其他任何手段
进行复制和转载，违者必究

万物可期　人间值得

汪曾祺　著

出版发行 / 时代文艺出版社
地址 / 长春市福祉大路5788号　龙腾国际大厦A座15层　邮编 / 130118
总编办 / 0431-81629751　发行部 / 0431-81629758
官方微博 / weibo.com / tlapress
印刷 / 天津中印联印务有限公司
开本 / 880毫米×1230毫米　1 / 32　字数 / 154千字　印张 / 8.5
版次 / 2020年7月第1版　印次 / 2023年4月第5次印刷　定价 / 49.90元

图书如有印装错误　请寄回印厂调换

人不管走到哪一步,
总得找点乐子,想一点办法,
老是愁眉苦脸的,干吗呢!

我后来到过很多地方,走进过很多水果店,
都没有这家水果店的浓厚的果香。
这家水果店的香味使我常常想起,永远不忘。
那年我正在恋爱,初恋。

黄油饼是甜的,
混着的眼泪是咸的,
就像人生,交杂着各种复杂而美好的味道。

慢点走,
品品茶、喝喝酒、听听曲、写写字,
人生少忧虑,生活才好玩。

目 录
CONTENTS

万物可期，人间值得。 第一章

那么多的粉蝶，
在深绿的蒿叶和金黄的花瓣上乱纷纷地飞着，
看得我想叫，想把这些粉蝶放在嘴里嚼，我醉了。

人间草木 002
玉渊潭洋槐花盛开，像下了一场大雪

葡萄月令 008
风摆动树的枝条，树醒了

果园杂记 016
想把这些粉蝶放在嘴里嚼，我醉了

四方食事 020
一个人的口味要宽一点、杂一点，"南甜北咸东辣西酸"，
都去尝尝

五味 030
中国人口味之杂也，敢说堪为世界之冠

宋朝人的吃喝 036
苏东坡是个有名的馋人

果蔬秋浓 040
萝卜多汁,不艮,不辣

家常酒菜 044
偶有客来,酒渴思饮。主人卷袖下厨

故乡的食物 050
曾经沧海难为水,他乡咸鸭蛋,我实在瞧不上

鱼我所欲也 069
金圣叹尝以为刀鱼刺多是人生恨事之一

肉食者不鄙 073
吃肴肉,要蘸镇江醋,加嫩姜丝

贴秋膘 079
北京人所谓"贴秋膘"有特殊的含意,即吃烤肉

夏天的昆虫 083
昆虫翅膀好看的,为螳螂,为纺织娘

冬天的树 087
落尽了所有的叶子,为了不受风的摇撼

猫 096
好看的女人、小白猫、兰花的香味,这一切是一个梦境

生活，是很好玩的。 第二章

人总要呆在一种什么东西里，沉溺其中。
苟有所得，才能证实自己的存在，
切实地掂出自己的价值。

泡茶馆　100
从翠湖吹来的风里，时时带有水浮莲的气味

自得其乐　111
着意写字，好像练了一趟气功，是很累人的

书画自娱　120
我的画，也只是白云一片而已

跑警报　123
"不在乎"精神，是永远征不服的

湘行二记　134
大概树都是从谷底长上来的，
为了够得着日光，就把自己拉长了

翠湖心影　145
停下来，在路边的石凳上坐一坐，抽一支烟，四边看看

昆明的雨　153
带着雨珠的缅桂花使我的心软软的，不是怀人，不是思乡

胡同文化　158
胡同、四合院，是北京市民的居住方式，
也是北京市民的文化形态

北京人的遛鸟 164
手里提着鸟笼，笼外罩着布罩，慢慢地散步

国子监 168
国子监，就是从前的大学

闹市闲民 179
抱膝闲看，带着笑意，用孩子一样天真的眼睛

午门忆旧 182
全世界都是凉的，就我这里一点是热的

难得最是得从容。 第三章

一般人物都演得很从容，
不火爆，不论是什么性格，
都有一种发自于中的儒雅。

老年的爱憎 190
我不是不食人间烟火，不动感情的人

谈幽默 193
富于幽默感的人大都存有善意，常在微笑中

七十书怀 195
用宿墨，只是懒，并非追求一种风格

沈从文的寂寞——浅谈他的散文 203
安于寂寞是一种美德。寂寞的人是充实的

老舍先生 223
从平常的谈吐中就了解一个人的水平和才气

铁凝印象 230
上帝在人的样本里挑了一个最好的，造成了铁凝

随遇而安 235
受过伤的心总是有墨的。人的心，是脆的

无事此静坐 248
世界是喧闹的。我们现在无法逃到深山里去，
唯一的办法是闹中取静

难得最是得从容 251
不论是什么性格，都有一种发自于中的儒雅，
即一般常说的"书卷气"

要有益于世道人心 256
诗意告诉别人，使人们的心得到滋润，
从而提高对生活的信念

1

第 1 章

万物可期，
人间值得

那么多的粉蝶，在深绿的蒿叶和金黄的花瓣上乱纷纷地飞着，看得我想叫，想把这些粉蝶放在嘴里嚼，我醉了。

◇ 人 间 草 木

山 丹 丹

我在大青山挖到一棵山丹丹。这棵山丹丹的花真多。招待我们的老堡垒户看了看,说:"这棵山丹丹有十三年了。"

"十三年了?咋知道?"

"山丹丹长一年,多开一朵花。你看,十三朵。"

山丹丹记得自己的岁数。

我本想把这棵山丹丹带回呼和浩特,想了想,找了把铁锹,在老堡垒户的开满了蓝色党参花的土台上刨了个坑,把这棵山丹丹种上了。问老堡垒户:

"能活?"

"能活。这东西,皮实。"

大青山到处是山丹丹,开七朵花、八朵花的,多的是。

第一章 ● 万物可期，人间值得

山丹丹花开花又落，

一年又一年……

这支流行歌曲的作者未必知道，山丹丹过一年多开一朵花。唱歌的歌星就更不会知道了。

枸 杞

枸杞到处都有。枸杞头是春天的野菜。采摘枸杞的嫩头，略焯过，切碎，与香干丁同拌，浇酱油、醋、香油；或入油锅爆炒，皆极清香。夏末秋初，开淡紫色小花，谁也不注意。随即结出小小的红色的卵形浆果，即枸杞子。我的家乡叫作狗奶子。

我在玉渊潭散步，在一个山包下的草丛里看见一对老夫妻弯着腰在找什么。他们一边走，一边搜索。走几步，停一停，弯腰。

"您二位找什么？"

"枸杞子。"

"有吗？"

老同志把手里一个罐头玻璃瓶举起来给我看，已经有半瓶了。

"不少！"

"不少！"

他解嘲似的哈哈笑了几声。

"您慢慢捡着!"

"慢慢捡着!"

看样子这对老夫妻是离休干部,穿得很整齐干净,气色很好。

他们捡枸杞子干什么?是配药?泡酒?看来都不完全是。真要是需要,可以托熟人从宁夏捎一点或寄一点来。——听口音,老同志是西北人,那边肯定会有熟人。

他们捡枸杞子其实只是玩!一边走着,一边捡枸杞子,这比单纯的散步要有意思。这是两个童心未泯的老人,两个老孩子!

人老了,是得学会这样的生活。看来,这二位中年时也是很会生活,会从生活中寻找乐趣的。他们为人一定很好,很厚道。他们还一定不贪权势,甘于淡泊。夫妻间一定不会为柴米油盐、儿女婚嫁而吵嘴。

从钓鱼台到甘家口商场的路上,路西,有一家的门头上种了很大的一丛枸杞,秋天结了很多枸杞子,通红通红的,礼花似的、喷泉似的垂挂下来,一个珊瑚珠穿成的华盖,好看极了。这丛枸杞可以拿到花会上去展览。这家怎么会想起在门头上种一丛枸杞？

槐　花

玉渊潭洋槐花盛开，像下了一场大雪，白得耀眼。来了放蜂的人。蜂箱都放好了，他的"家"也安顿了。一个刷了涂料的很厚的黑色的帆布篷子。里面打了两道土堰，上面架起几块木板，是床。床上一卷铺盖。地上排着油瓶、酱油瓶、醋瓶。一个白铁桶里已经有多半桶蜜。外面一个蜂窝煤炉子上坐着锅。一个女人在案板上切青蒜。锅开了，她往锅里下了一把干切面。不大会儿，面熟了，她把面捞在碗里，加了佐料，撒上青蒜，在一个碗里舀了半勺豆瓣。一人一碗。她吃的是加了豆瓣的。

蜜蜂忙着采蜜，进进出出，飞满一天。

我跟养蜂人买过两次蜜，绕玉渊潭散步回来，经过他的棚子，大都要在他门前的树墩上坐一坐，抽一支烟，看他收蜜，刮蜡，跟他聊两句，彼此都熟了。

这是一个五十岁上下的中年人，高高瘦瘦的，身体像是不太好，他做事总是那么从容不迫，慢条斯理的。样子不像个农民，倒有点像一个农村小学校长。听口音，是石家庄一带的。

他到过很多省。哪里有鲜花，就到哪里去。菜花开的地方，玫瑰花开的地方，苹果花开的地方，枣花开的地方。每年都到南方去过冬，广西、贵州。到了春暖，再往北返。我问他是不是枣花蜜最好，他说是荆条花的蜜最好。这很出乎我的意外①。荆条是个不起眼的东西，而且我从来没有见过荆条开花，想不到荆条花蜜却是最好的蜜。我想他每年收入应当不错。他说比一般农民要好一些，但是也落不下多少：蜂具，路费；而且每年要赔几十斤白糖——蜜蜂冬天不采蜜，得喂它糖。

女人显然是他的老婆。不过他们岁数相差太大了。他五十了，女人也就是三十出头。而且，她是四川人，说四川话。我问他：你们是怎么认识的？他说：她是新繁县人。那年他到新繁放蜂，认识了。她说北方的大米好吃，就跟来了。

有那么简单？也许她看中了他的脾气好，喜欢这样安静平和的性格？也许她觉得这种放蜂生活，东南西北到处跑，好耍？这是一种农村式的浪漫主义。四川女孩子做事往往很洒脱，想咋个就咋个，不像北方女孩子有那么多考虑。他们结婚已经几年了。丈夫对她好，她对丈夫也很体贴。她觉得她的选

---

① 此处是"意料"的意思。

第一章　　万物可期，人间值得

择没有错，很满意，不后悔。我问养蜂人：她回去过没有？他说：回去过一次，一个人，他让她带了两千块钱，她买了好些礼物送人，风风光光地回了一趟新繁。

一天，我没有看见女人，问养蜂人，她到哪里去了。养蜂人说，到我那大儿子家去了，去接我那大儿子的孩子。他有个大儿子，在北京工作，在汽车修配厂当工人。

她抱回来一个四岁多的男孩，带着他在棚子里住了几天。她带他到甘家口商场买衣服，买鞋，买饼干，买冰糖葫芦。男孩子在床上玩鸡啄米，她靠着被窝用勾针给他勾一顶大红的毛线帽子。她很爱这个孩子。这种爱是完全非功利的，既不是讨丈夫的欢心，也不是为了和丈夫的儿子一家搞好关系。这是一颗很善良、很美的心。孩子叫她奶奶，奶奶笑了。

过了几天，她把孩子又送了回去。

过了两天，我去玉渊潭散步，养蜂人的棚子拆了，蜂箱集中在一起。等我散步回来，养蜂人的大儿子开来一辆卡车，把棚柱、木板、煤炉、锅碗和蜂箱装好，养蜂人两口子坐上车，卡车开走了。

玉渊潭的槐花落了。

葡萄月令

一月,下大雪。

雪静静地下着。果园一片白。听不到一点声音。

葡萄睡在铺着白雪的窖里。

二月里刮春风。

立春后,要刮四十八天"摆条风"。风摆动树的枝条,树醒了,忙忙地把汁液送到全身。树枝软了。树绿了。

雪化了,土地是黑的。

黑色的土地里,长出了茵陈蒿。碧绿。

葡萄出窖。

把葡萄窖一锹一锹挖开。挖下的土,堆在四面。葡萄藤露出来了,乌黑的。有的梢头已经绽开了芽苞,吐出指甲大的苍

第一章　万物可期，人间值得

白的小叶。它已经等不及了。

把葡萄藤拉出来，放在松松的湿土上。

不大一会儿，小叶就变了颜色，叶边发红；——又不大一会，绿了。

三月，葡萄上架。

先得备料。把立柱、横梁、小棍，槐木的、柳木的、杨木的、桦木的，按照树棵大小，分别堆放在旁边。立柱有汤碗口粗的、饭碗口粗的、茶杯口粗的。一棵大葡萄得用八根、十根，乃至十二根立柱。中等的，六根、四根。

先刨坑，竖柱。然后搭横梁，用粗铁丝摽紧。然后搭小棍，用细铁丝缚住。

然后，请葡萄上架。把在土里趴了一冬的老藤扛起来，得费一点劲。大的，得四五个人一起来。"起！——起！"哎，它起来了。把它放在葡萄架上，把枝条向三面伸开，像五个指头一样地伸开，扇面似的伸开。然后，用麻筋在小棍上固定住。葡萄藤舒舒展展，凉凉快快地在上面待着。

上了架，就施肥。在葡萄根的后面，距主干一尺，挖一道半月形的沟，把大粪倒在里面。葡萄上大粪，不用稀释，就这样把原汁大粪倒下去。大棵的,得三四桶。小葡萄,一桶也就够了。

四月,浇水。

挖窖挖出的土,堆在四面,筑成垄,就成一个池子。池里放满了水。葡萄园里水气泱泱,沁人心肺。

葡萄喝起水来是惊人的。它真是在喝哎!葡萄藤的组织跟别的果树不一样,它里面是一根一根细小的导管。这一点,中国的古人早就发现了。《图经》云:"根、苗中空相通,圃人将货之,欲得厚利,暮溉其根,而晨朝水浸子中矣。故俗呼其苗为木通。""暮溉其根,而晨朝水浸子中矣"是不对的,葡萄成熟了,就不能再浇水了。再浇,果粒就会涨破。"中空相通"却是很准确的。浇了水,不大一会儿,它就从根直吸到梢,简直是小孩吸奶似的拼命往上喝。浇过了水,你再回来看看吧:梢头切断过的破口,就嗒嗒地往下滴水了。

是一种什么力量使葡萄拼命地往上吸水呢?

施了肥,浇了水,葡萄就使劲抽条、长叶子。真快!原来是几根枯藤,几天工夫,就变成青枝绿叶的一大片。

五月,浇水,喷药,打梢,掐须。

第一章　◦ 万物可期，人间值得

葡萄一年不知道要喝多少水，别的果树都不这样。别的果树都是刨一个"树碗"，往里浇几担水就得了，没有像它这样的"漫灌"，整池子地喝。

喷波尔多液。从抽条长叶，一直到坐果成熟，不知道要喷多少次。喷了波尔多液，太阳一晒，葡萄叶子就都变成蓝的了。

葡萄抽条，丝毫不知节制，它简直是瞎长！几天工夫，就抽出好长的一截的新条。这样长法还行呀，还结不结果呀？因此，过几天就得给它打一次条。葡萄打条，也用不着什么技巧，是个人就能干，拿起树剪，噼噼啪啪，把新抽出来的一截都给它铰了就得了。一铰，一地的长着新叶的条。

葡萄的卷须，在它还是野生的时候是有用的，好攀附在别的什么树木上。现在，已经有人给它好好地固定在架上了，就一点用也没有了。卷须这东西最耗养分，——凡是作物，都是优先把养分输送到顶端，因此，长出来就给它掐了，长出来就给它掐了。

五月中下旬，果树开花了。果园，美极了。梨树开花了，苹果树开花了，葡萄也开花了。

都说梨花像雪，其实苹果花才像雪，雪是厚重的，不是透

011

明的。梨花像什么呢？——梨花的瓣子是月亮做的。

有人说葡萄不开花，哪能呢，只是葡萄花很小，颜色淡黄微绿，不钻进葡萄架是看不出的。而且它开花期很短。很快，就结出了绿豆大的葡萄粒。

六月，浇水，喷药，打条，掐须。

葡萄粒长了一点了，一颗一颗，像绿玻璃料做的纽子。硬的。

葡萄不招虫。葡萄会生病，所以要经常喷波尔多液。但是它不像桃，桃有桃食心虫；梨，梨有梨食心虫。葡萄不用疏虫果。——果园每年疏虫果是要费很多工的。虫果没有用，黑黑的一个半干的球，可是它耗养分呀！所以，要把它"疏"掉。

七月，葡萄"膨大"了。

掐须、打条、喷药，大大地浇一次水。

追一次肥。追硫铵。在原来施粪肥的沟里撒上硫铵。然后，就把沟填平了。把硫铵封在里面。

汉朝是不会追这次肥的，汉朝没有硫铵。

第一章　万物可期，人间值得

八月，葡萄"着色"。

你别以为我这里是把画家的术语借用来了。不是的。这是果农语言，他们就叫"着色"。

下过大雨，你来看看葡萄园吧，那叫好看！白的像白玛瑙，红的像红宝石，紫的像紫水晶，黑的像黑玉。一串一串，饱满、磁棒、挺括，璀璨琳琅。你就把《说文解字》里的带玉字偏旁的字都搬了来吧，那也不够用呀！

可是你得快来！明天，对不起，你全看不到了。我们要喷波尔多液了。一喷波尔多液，它们的晶莹鲜艳全都没有了，它们蒙上一层蓝兮兮、白乎乎的东西，成了磨砂玻璃。我们不得不这样干。葡萄是吃的，不是看的。我们得保护它。

过不了两天，就下葡萄了。

一串一串剪下来，把病果、瘪果去掉，妥妥地放在果筐里，果筐满了，盖上盖，要一个棒小伙子跳上去蹦两下，用麻筋缝的筐盖。——新下的果子，不怕压，它很结实，压不坏。倒怕是装不紧，咣里咣当的。那，来回一晃悠，全得烂！

葡萄装上车，走了。

去吧，葡萄，让人们吃去吧！

九月的果园像一个生过孩子的少妇,宁静,幸福,慵懒。

我们还要给葡萄喷一次波尔多液。哦,下了果子,就不管了?人,总不能这样无情无义吧。

十月,我们有别的农活。我们要去割稻子。葡萄,你愿意怎么长,就怎么长着吧。

十一月,葡萄下架。

把葡萄架拆下来。检查一下,还能再用的,搁在一边。糟朽了的,只好烧火。立柱、横梁、小棍,分别堆垛起来。

剪葡萄条。干脆得很,除了老条,一概剪光。葡萄又成了一个大秃子。

剪下的葡萄条,挑有三个芽眼的,剪成二尺多长的一截,捆起来,放在屋里,准备明春插条。

其余的,连枝带叶,都用竹笤帚扫成一堆,装走了。

葡萄园光秃秃。

十一月下旬,十二月上旬,葡萄入窖。

这是个重活。把老根放倒,挖土把它埋起来。要埋得很厚

第一章　万物可期，人间值得

实。外面要用铁锹拍平。这个活不能马虎。都要经过验收，才给记工。

葡萄窖，一个一个长方形的土墩墩。一行一行，整整齐齐地排列着。风一吹，土色发了白。

这真是一年的冬景了。热热闹闹的果园，现在什么颜色都没有了。眼界空阔，一览无余，只剩下发白的黄土。

下雪了。我们踏着碎玻璃碴儿似的雪，检查葡萄窖，扛着铁锹。

一到冬天，要检查几次。不是怕别的，怕老鼠打了洞。葡萄窖里很暖和，老鼠爱往这里面钻。它倒是暖和了，咱们的葡萄可就受了冷啦！

果 园 杂 记

涂 白

一个孩子问我：干吗把树涂白了？

我从前也非常反对把树涂白了，以为很难看。

后来我到果园干了两年活，知道这是为了保护树木过冬。

把牛油、石灰在一个大铁锅里熬得稠稠的，这就是涂白剂。我们拿了棕刷，担了一桶一桶的涂白剂，给果树涂白。要涂得很细，特别是树皮有损伤的地方、坑坑洼洼的地方，要涂到，而且要涂得厚厚的，免得来年存留雨水，窝藏虫蚁。

涂白都是在冬日的晴天。男的、女的，穿了各种颜色的棉衣，在脱尽了树叶的果林里劳动着。大家的心情都很愉快，很高兴。

涂白是果园一年最后的农活了。涂完白，我们就很少到果

第一章 ● 万物可期，人间值得

园里来了。这以后，雪就落下来了。果园一冬天埋在雪里。

从此，我就不反对涂白了。

粉　　蝶

我曾经做梦一样在一片盛开的茼蒿花上看见成千上万的粉蝶——在我童年的时候。那么多的粉蝶，在深绿的蒿叶和金黄的花瓣上乱纷纷地飞着，看得我想叫，想把这些粉蝶放在嘴里嚼，我醉了。

后来我知道这是一场灾难。

我知道粉蝶是菜青虫变的。

菜青虫吃我们的圆白菜。那么多的菜青虫！而且它们的胃口那么好，食量那么大。它们贪婪地、迫不及待地、不停地吃，吃得菜地里沙沙地响。一上午的工夫，一地的圆白菜就叫它们咬得全是窟窿。

我们用 DDT① 喷它们，使劲地喷它们。DDT 的激流猛烈地射在菜青虫身上，它们滚了几滚，僵直了，扑的一声掉在了地上，我们的心里痛快极了。我们是很残忍的，充满了杀机。

---

① 有机氯类杀虫剂，化学名为双对氯苯基三氯乙烷。

但是粉蝶还是挺好看的。在散步的时候，草丛里飞着两个粉蝶，我现在还时常要停下来看它们半天。我也不反对国画家用它们来点缀画面。

波 尔 多 液

喷了一夏天的波尔多液，我的所有的衬衫都变成浅蓝色的了。

硫酸铜、石灰，加一定比例的水，这就是波尔多液。波尔多液是很好看的，呈天蓝色。过去有一种浅蓝的阴丹士林布，就是那种颜色，这是一个果园的看家的农药，一年不知道要喷多少次。不喷波尔多液，就不成其为果园。波尔多液防病，能保证水果的丰收。果农都知道，喷波尔多液虽然费钱，却是划得来的。

这是个细致的活。把喷头绑在竹竿上，把药水压上去，喷在果树叶子上，苹果树叶子上、葡萄叶子上。要喷得很均匀，不多，也不少。喷多了，药水的水珠糊成一片，挂不住，流了；喷少了，不管用。树叶的正面、反面都要喷到。这活不重，但是干完了，眼睛、脖颈，都是酸的。

我是个喷波尔多液的能手。大家叫我总结经验。我说：一、我干不了重活，这活我能胜任；二、我觉得这活有诗意。

为什么叫个"波尔多液"泥?——中国的老果农说这个外国名字已经说得很顺口了。这有个故事。

波尔多是法国的一个小城,出马铃薯。有一年,法国的马铃薯都得了晚疫病,——晚疫病很厉害,得了病的薯地像火烧过一样,波尔多的马铃薯却安然无恙。大伙琢磨,这是什么道理呢?原来波尔多城外有一个铜矿,有一条小河从矿里流出来,河床是石灰石的。这水蓝蓝的,是不能吃的,农民用它来浇地。莫非就是这条河,使波尔多的马铃薯不得疫病?

于是世界上就有了波尔多液。

中国的老农现在说这个法国名字也说得很顺口了。

去年,有一个朋友到法国去,我问他到过什么地方,他很得意地说:波尔多!

我也到过波尔多,在中国。

❖ 四方食事

口　味

"口之于味，有同嗜焉"。好吃的东西大家都爱吃。宴会上有烹大虾（得是极新鲜的），大都剩不下。但是也不尽然。羊肉是很好吃的。"羊大为美"。中国人吃羊肉的历史大概和这个民族的历史同样久远。中国羊肉的吃法很多，不能列举。我以为最好吃的是手把羊肉。维吾尔族、哈萨克族都有手把羊肉，但似以内蒙古为最好。内蒙古很多盟旗都说他们那里的羊肉不膻，因为羊吃了草原上的野葱，生前已经自己把膻味解了。我以为不膻固好，膻亦无妨。我曾在达茂旗吃过"羊贝子"，即白煮全羊。整只羊放在锅里只煮四十五分钟（为了照顾远来的汉人客人，多煮了十五分钟，他们自己吃，只煮半小时），各人用刀割取自己中意的部位，蘸一点作料（原来只备一碗盐水，近

第一章　万物可期，人间值得

年有了较多的作料）吃。羊肉带生，一刀切下去，会汪出一点血，但是鲜嫩无比。内蒙古人说，羊肉越煮越老，半熟的，才易消化，也能多吃。我几次到内蒙古，吃羊肉吃得非常过瘾。同行有一位女同志，不但不吃，连闻都不能闻。一走进食堂，闻到羊肉气味就想吐。她只好每顿用开水泡饭，吃咸菜，真是苦煞。全国不吃羊肉的人，不在少数。

"鱼羊为鲜"，有一位老同志是获鹿县人，是回族，他倒是吃羊肉的，但是一生不解何所谓鲜。他的爱人是南京人，动辄说："这个菜很鲜"。他说："什么叫'鲜'？我只知道什么东西吃着'香'。"要解释什么是"鲜"，是困难的。我的家乡以为最能代表鲜味的是虾子。虾子冬笋、虾子豆腐羹，都很鲜。虾子放得太多，就会"鲜得连眉毛都掉了"的。我有个小孙女，很爱吃我配料煮的龙须挂面。有一次我放了虾子，她尝了一口，说"有股什么味！"不吃。

中国不少省份的人都爱吃辣椒。云、川、黔、湘、赣。延边朝鲜族也极能吃辣。人说吃辣椒爱上火。井冈山人说："辣子冇补（没有营养），两头受苦。"我认识一个演员，他一天不吃辣椒，就会便秘！我认识一个干部，他每天在机关吃午饭，什么菜也不吃，只带了一小饭盒油炸辣椒来，吃辣椒下饭。顿顿如此。此人真是个吃辣椒专家,全国各地的辣椒,都设法弄了来吃。据他的品评,认为土家族的最好。有一次他带了一饭盒来,让我尝尝,真是又辣又香。然而有人是不吃辣的。我曾随剧团到重庆体验生活。四川无菜不辣,有人实在受不了。有一个演员带了几个年轻的女演员去吃汤圆,一个唱老旦的演员进门就嚷嚷:"不要辣椒!"卖汤圆的白了她一眼:"汤圆没有放辣椒的!"

北方人爱吃生葱、生蒜。山东人特爱吃葱,吃煎饼、锅盔,没有葱是不行的。有一个笑话:婆媳吵嘴,儿媳妇跳了井。儿子回来,婆婆说:"可了不得啦,你媳妇跳井啦!"儿子说:"不咋!"拿了一根葱在井口逛了一下,媳妇就上来了。山东大葱的确很好吃,葱白长至半尺,是甜的。江浙人不吃生葱、生蒜,做鱼、肉时放葱,谓之"香葱",实即北方的小葱;几根小葱,挽成一个疙瘩,叫作"葱结"。他们把大葱叫作"胡葱",即做菜时也不大用。有一个著名女演员,不吃葱,她和大家一同去体验生活,菜都得给她单做。北方人吃炸酱面,必须有几瓣蒜。在长影拍片时,有一天我起晚了,早饭已经开过,我到厨房里和几位炊事员一块吃。那天吃的是炸油饼,他们吃油饼就蒜。我说:"吃油饼哪有就蒜的!"一个河南籍的炊

第一章 • 万物可期，人间值得

事员说："嘿！你试试！"果然，"另一个味儿"。我前几年回家乡，接连吃了几天鸡鸭鱼虾，吃腻了，我跟家里人说："给我下一碗阳春面，弄一碟葱、两头蒜来。"家里人看我生吃葱、蒜，大为惊骇。

有些东西，本来不吃，吃吃也就习惯了。我曾经夸口，说我什么都吃，为此挨了两次捉弄。一次在家乡。我原来不吃芫荽（香菜），以为有臭虫味。一次，我家所开的中药铺请我去吃面——那天是药王生日，铺中管事弄了一大碗凉拌芫荽，说："你不是什么都吃吗？"我一咬牙吃了。从此，我就吃芫荽了。后来北地，每吃涮羊肉，调料里总要撒上大量芫荽。一次在昆明。苦瓜，我原来也是不吃的，——没有吃过。我们家乡有苦瓜，叫作癞葡萄，是放在瓷盘里看着玩，不吃的。有一位诗人请我下小馆子，他要了三个菜：凉拌苦瓜、炒苦瓜、苦瓜汤。他说："你不是什么都吃吗？"从此，我就吃苦瓜了。北京人原来是不吃苦瓜的，近年也学会吃了。不过他们用凉水连"拔"三次，基本上不苦了，那还有什么意思！

有些东西，自己尽可不吃，但不要反对旁人吃。不要以为自己不吃的东西，谁吃，就是岂有此理。比如广东人吃蛇，吃龙虱；傣族人爱吃苦肠，即牛肠里没有完全消化的粪汁，蘸肉吃。这在广东人、傣族人,是没有什么奇怪的。他们爱吃,你管得着吗?不过有些东西,我也以为不吃为宜,比如炒肉芽——腐肉所生之蛆。

总之,一个人的口味要宽一点、杂一点,"南甜北咸东辣西酸",都去尝尝。对食物如此,对文化也应该这样。

切　　脍

《论语·乡党》:"食不厌精,脍不厌细。"中国的切脍不知始于何时。孔子以"食""脍"对举,可见当时是相当普遍的。北魏贾思勰《齐民要术》提到切脍。唐人特重切脍,杜甫诗累见。宋代切脍之风亦盛。《东京梦华录·三月一日开金鱼池琼林苑》:"多垂钓之士,必于池苑所买牌子,方许捕鱼。游人得鱼,倍其价买之。临水斫脍,以荐芳樽,乃一时佳味也。"元代,关汉卿曾写过"望江楼中秋切脍"。明代切脍,也还是有的,但《金瓶梅》中未提及,很奇怪。《红楼梦》也没有提到。到了近代,很多人对切脍是怎么回事,都茫然了。

脍是什么?杜诗邵注:"鲙,即今之鱼生、肉生。"更多指鱼生,脍的繁体字是"鲙",可知。

杜甫《阌乡姜七少府设鲙戏赠长歌》对切脍有较详细的

第一章　　万物可期，人间值得

描写。脍要切得极细，"脍不厌细"，杜诗亦云："无声细下飞碎雪。"脍是切片还是切丝呢？段成式《酉阳杂俎·物革》云："进士段硕常识南孝廉者，善斫脍，縠薄丝缕，轻可吹起。"看起来是片和丝都有的。切脍的鱼不能洗。杜诗云："落砧何曾白纸湿。"邵注："凡作鲙，以灰去血水，用纸以隔之。"大概是隔着一层纸用灰吸去鱼的血水。《齐民要术》："切鲙不得洗，洗则鲙湿。"加什么佐料？一般是加葱的，杜诗："有骨已剁嘴春葱。"《内则》："鲙，春用葱，夏用芥。"葱是葱花，不会是葱段。至于下不下盐或酱油，乃至酒、酢，则无从臆测，想来总得有点咸味，不会是淡吃。

切脍今无实物可验。杭州楼外楼解放前有名菜醋鱼带靶。所谓"带靶"，即将活草鱼的脊背上的肉剔下，切成极薄的片，浇好酱油，生吃。我以为这很近乎切脍。我在一九四七年春天曾吃过，极鲜美。这道菜听说现在已经没有了，不知是因为有碍卫生，还是厨师无此手艺了。

日本鱼生我未吃过。北京西四牌楼的朝鲜冷面馆卖过鱼生、肉生。北京乃切成一寸见方、厚约二分的鱼片，蘸极辣的作料吃。这与"縠薄丝缕"的切脍似不是一回事。

与切脍有关联的，是"生吃螃蟹活吃虾"。生螃蟹我未吃过,想来一定非常好吃。活虾我可吃得多了。前几年回乡,家乡人知道我爱吃"呛虾",于是餐餐有呛虾。我们家乡的呛虾是用酒把白虾(青虾不宜生吃)"醉"死了的。解放前杭州楼外楼呛虾,是酒醉而不待其死,活虾盛于大盘中,上覆大碗,上桌揭碗,虾蹦得满桌,客人捉而食之。用广东话说,这才真是"生猛"。听说楼外楼现在也不卖呛虾了,惜哉!

下生蟹、活虾一等的,是将虾蟹之属稍加腌制。宁波的梭子蟹是用盐腌过的,醉蟹、醉泥螺、醉蚶子、醉蛏鼻,都是用高粱酒"醉"过的。但这些都还是生的。因此,都很好吃。

我以为醉蟹是天下第一美味。家乡人贻我醉蟹一小坛。有天津客人来,特地为他剁了几只。他吃了一小块,问:"是生的?"就不敢再吃。

"生的",为什么就不敢吃呢?法国人、俄罗斯人,吃牡蛎,都是生吃。我在纽约南海岸吃过鲜蚌,那绝对是生的,刚打上来的,而且什么作料都不搁,经我要求,服务员才给了一点胡椒粉。好吃么?好吃极了!

为什么"切脍"生鱼、活虾好吃?曰:存其本味。

我以为"切脍"之风,可以恢复。如果觉得这不卫生,可以仿照纽约南海岸的办法:用"远红外"或什么东西处理一下,这样既不失本味,又无致病之虞。如果这样还觉得"硌硬",吞不下,吞下要反出来,那完全是观念上的问题。当然,我也不主张普遍推广,可以满足少数老饕的欲望,"内部发行"。

河　豚

阅报,江阴有人食河豚中毒,经解救,幸得不死。杨花扑面,节近清明,这使我想起,正是吃河豚的时候了。苏东坡诗:

竹外桃花三两枝,
春江水暖鸭先知。
蒌蒿满地芦芽短,
正是河豚欲上时。

梅圣俞诗:

河豚当此时,
贵不数鱼虾。

宋朝人是很爱吃河豚的，没有真河豚，就用了不知什么东西做出河豚的样子和味道，谓之"假河豚"，聊以过瘾，《东京梦华录》等书都有记载。

江阴当长江入海处不远，产河豚最多，也最好。每年春天，鱼市上有很多河豚卖。河豚的脾气很大，用小木棍捅捅它，它就把肚子鼓起来；再捅，再鼓，终至成了一个圆球。江阴河豚品种极多。我所就读的南菁中学的生物实验室里搜集了各种河豚，浸在装了福尔马林的玻璃器内。有的很大，有的小如金钱龟。颜色也各异，有带青绿色的，有白的，还有紫红的。这样齐全的河豚标本，大概只有江阴的中学才能搜集得到。

河豚有剧毒。我在读高中一年级时，江阴乡下出了一件命案，"谋杀亲夫"。"奸夫""淫妇"在游街示众后，同时枪决。毒死丈夫的东西，即是一条煮熟的河豚。因为是"花案"，那天街的两旁有很多人鹄立伫观。但是实在没什么好看，奸夫淫妇都蠢而且丑，奸夫还是个黑脸的麻子。这样的命案，也只能出在江阴。

但是河豚很好吃，江南谚云"拼死吃河豚"，豁出命去，也要吃，可见其味美。据说整治得法，是不会中毒的。我的几个同学都曾约定请我上家里吃一次河豚，说是"保证不会出问

第一章 ◎ 万物可期，人间值得

题"。江阴正街上有一饭馆，是卖河豚的。这家饭馆有一块祖传的木板，刷印保单，内容是如果在他家铺里吃河豚中毒致死，主人可以偿命。

河豚之毒在肝脏、生殖腺和血，这些可以小心地去掉。这种办法有例可援，即"洁本《金瓶梅》"是。

我在江阴读书两年，竟未吃过河豚，至今引为憾事。

野　菜

春天了，是挖野菜的时候了。踏青挑菜，是很好的风俗。人在屋里闷了一冬天，尤其是妇女，到野地里活动活动，呼吸一点新鲜空气，看看新鲜的绿色，身心一快。

南方的野菜，有枸杞、芹菜、马兰头……北方野菜则主要是苣荬菜。枸杞、荠菜、马兰头用开水焯过，加酱油、醋、香油凉拌。苣荬菜则是洗净，去根，蘸甜面酱生吃。或曰吃野菜可以"清火"，有一定道理。野菜多半带一点苦味，凡苦味菜，皆可清火。但是更重要的是吃个新鲜。有诗人说"这是吃春天"，这话说得有点做作，但也还说得过去。

敦煌变文、《云谣集杂曲子》、打枣竿、挂枝儿、吴歌，乃至《白雪遗音》等等，是野菜。因为它新鲜。

五　味

　　山西人真能吃醋！几个山西人在北京下饭馆，坐定之后，还没有点菜，先把醋瓶子拿过来，每人喝了三调羹醋。邻座的客人直瞪眼。有一年我到太原去，快过春节了。别处过春节，都供应一点好酒，太原的油盐店却都贴出一个条子："供应老陈醋，每户一斤。"这在山西人是大事。

　　山西人还爱吃酸菜，雁北尤甚。什么都拿来酸，除了萝卜、白菜，还包括杨树叶子、榆树钱儿。有人来给姑娘说亲，当妈的先问，那家有几口酸菜缸。酸菜缸多，说明家底子厚。

　　辽宁人爱吃酸菜白肉火锅。

　　北京人吃羊肉酸菜汤下杂面。

　　福建人、广西人爱吃酸笋。我和贾平凹在南宁，不爱吃招待所的饭，到外面瞎吃。平凹一进门，就叫："老友面！""老友面"者，酸笋肉丝氽汤下面也，不知道为什么叫作"老友"。

第一章　　万物可期，人间值得

傣族人也爱吃酸。酸笋炖鸡是名菜。

延庆山里夏天爱吃酸饭。把好好的饭焐酸了，用井拔凉水一和，呼呼地就下去了三碗。

都说苏州菜甜，其实苏州菜只是淡，真正甜的是无锡。无锡炒鳝糊放那么多糖！包子的肉馅里也放很多糖，没法吃！

四川夹沙肉用大片肥猪肉夹了洗沙蒸，广西芋头扣肉用大片肥猪肉夹芋泥蒸，都极甜，很好吃，但我最多只能吃两片。

广东人爱吃甜食。昆明金碧路有一家广东人开的甜品店，卖芝麻糊、绿豆沙，广东同学趋之若鹜。"番薯糖水"即用白薯切块熬的汤，这有什么好喝的呢？广东同学曰："好嘢！"

北方人不是不爱吃甜，只是过去糖难得。我家曾有老保姆，正定乡下人，六十多岁了。她还有个婆婆，八十几了。她有一次要回乡探亲，临行称了两斤白糖，说她的婆婆就爱喝个白糖水。

北京人很保守，过去不知苦瓜为何物，近年有人学会吃了。菜农也有种的了。农贸市场上有很好的苦瓜卖，属于"细菜"，价颇昂。

北京人过去不吃蕹菜，不吃木耳菜，近年也有人爱吃了。

北京人在口味上开放了！

北京人过去就知道吃大白菜。由此可见，大白菜主义是可以被打倒的。

北方人初春吃苣荬菜。苣荬菜分甜荬、苦荬，苦荬相当地苦。

有一个贵州的年轻女演员上我们剧团学戏，她的妈妈不远迢迢给她寄来一包东西，是"择耳根"，或名"则尔根"，即鱼腥草。她让我尝了几根。这是什么东西？苦，倒不要紧，它有一股强烈的生鱼腥味，实在招架不了！

剧团有一干部，是写字幕的，有时也管杂务。此人是个吃辣的专家。他每天中午饭不吃菜，吃辣椒下饭。全国各地的，少数民族的，各种辣椒，他都千方百计地弄来吃。剧团到上海演出，他帮助搞伙食，这下好，不会缺辣椒吃。原以为上海辣椒不好买，他下车第二天就找到一家专卖各种辣椒的铺子。上海人有一些是能吃辣的。

我的吃辣是在昆明练出来的，曾跟几个贵州同学在一起用青辣椒在火上烧烧，蘸盐水下酒。平生所吃辣椒之多矣，什么朝天椒、野山椒，都不在话下。我吃过最辣的辣椒是在越南。

| 第一章 | ● 万物可期，人间值得

一九四七年，由越南转道往上海，在海防街头吃牛肉粉，牛肉极嫩，汤极鲜，辣椒极辣，一碗汤粉，放三四丝辣椒就辣得不行。这种辣椒的颜色是橘黄色的。在川北，听说有一种辣椒本身不能吃，用一根线吊在灶上，汤做得了，把辣椒在汤里涮涮，就辣得不得了。云南佤族①有一种辣椒，叫"涮涮辣"，与川北吊在灶上的辣椒大概不相上下。

四川不能说是最能吃辣的省份，川菜的特点是辣且麻，——搁很多花椒。四川的小面馆的墙壁上黑漆大书三个字：麻辣烫。麻婆豆腐、干煸牛肉丝、棒棒鸡：不放花椒不行。花椒得是川椒，捣碎，菜做好了，最后再放。

周作人说他的家乡整年吃咸极了的咸菜和咸极了的咸鱼，浙东人确实吃得很咸。有个同学，是台州人，到铺子里吃包子，掰开包子就往里倒酱油。口味的咸淡和地域是有关系的。北京人说南甜北咸东辣西酸，大体不错。河北、东北人口重，福建菜多很淡。但这与个人的性格习惯也有关。湖北菜并不咸，闻一多先生却嫌云南蒙自的菜太淡。

---

① 佤族的旧时称谓。

中国人过去对吃盐很讲究，如桃花盐、水晶盐，"吴盐胜雪"，现在则全国都吃再制精盐。只有四川人腌咸菜还坚持用自贡产的井盐。

我不知道世界上还有什么国家的人爱吃臭。

过去上海、南京、汉口都卖油炸臭豆腐干。长沙火宫殿的臭豆腐因为一个大人物年轻时常吃而出名。这位大人物后来还去吃过，说了一句话："火宫殿的臭豆腐还是好吃。""文化大革命"中火宫殿的影壁上就出现了两行大字：

最高指示：

火宫殿的臭豆腐还是好吃。

我们一个同志到南京出差，他的爱人是南京人，嘱咐他带一点臭豆腐干回来。他千方百计，居然办到了。带到火车上，引起一车厢人的强烈抗议。

除豆腐干外，面筋、百叶（千张）皆可臭。蔬菜里的莴苣、冬瓜、豇豆皆可臭。冬笋的老根咬不动，切下来随手就扔进臭坛子里。——我们那里很多人家都有个臭坛子，一坛子"臭卤"。腌芥菜挤下的汁放几天即成"臭卤"。臭物中最特殊的

第一章　万物可期，人间值得

是臭苋菜秆。苋菜长老了，主茎可粗如拇指，高三四尺，截成二寸许小段，入臭坛。臭熟后，外皮是硬的，里面的芯成果冻状。噙住一头，一吸，芯肉即入口中。这是佐粥的无上妙品。我们那里叫作"苋菜秸子"，湖南人谓之"苋菜咕"，因为吸起来"咕"的一声。

北京人说的臭豆腐指臭豆腐乳。过去是小贩沿街叫卖的：

"臭豆腐，酱豆腐，王致和的臭豆腐。"

臭豆腐就贴饼子，熬一锅虾米皮白菜汤，好饭！现在王致和的臭豆腐用很大的玻璃方瓶装，很不方便，一瓶一百块，得很长时间才能吃完，而且卖得很贵，成了奢侈品。我很希望这种包装能改进，一器装五块足矣。

我在美国吃过最臭的"气死"（干酪），洋人多闻之掩鼻，对我说起来实在没有什么，比臭豆腐差远了。

甚矣，中国人口味之杂也，敢说堪为世界之冠。

❀ 宋朝人的吃喝

唐宋人似乎不怎么讲究大吃大喝。杜甫的《丽人行》里列叙了一些珍馐,但多系夸张想象之辞。五代顾闳中所绘《韩熙载夜宴图》中,主人、客人面前案上所列的食物不过八品,四个高足的浅碗,四个小碟子。有一碗是白色的圆球形的东西,有点像外面滚了米粒的蓑衣丸子。有一碗颜色是鲜红的,很惹眼,用放大镜细看,不过是几个带蒂的柿子!其余的看不清是什么。苏东坡是个有名的馋人,但他爱吃的好像只是猪肉。他称赞"黄州好猪肉",但还是"富者不解吃,贫者不解煮"[1]。他爱吃猪头,也不过是煮得稀烂,最后浇一勺杏酪。——杏酪想必是酸里咕叽的,可以解腻。有人"忽出新意",以山羊肉为玉

---

[1] 此处为汪曾祺化用苏轼的诗《猪肉颂》,原诗为"贵者不肯吃,贫者不解煮"。

第一章　万物可期，人间值得

糁羹，他觉得好吃得不得了。这是一种什么东西？大概只是山羊肉加碎米煮成的糊糊罢了。当然，想象起来也不难吃。

宋朝人的吃喝好像比较简单而清淡。连有皇帝参加的御宴也并不丰盛。御宴有定制，每一盏酒都要有歌舞杂技，似乎这是主要的，吃喝在其次。幽兰居士《东京梦华录》载《宰执亲王宗室百官入内上寿》，使臣诸卿只是"每分列环饼、油饼、枣塔为看盘，次列果子。惟大辽加之猪羊鸡鹅兔连骨熟肉为看盘，皆以小绳束之。又生葱韭蒜醋各一碟。三五人共列浆水一桶，立杓数枚。""看盘"只是摆样子的，不能吃的。"凡御宴至第三盏，方有下酒肉、咸豉、爆肉、双下驼峰角子"。第四盏下酒的炙子骨头、索粉、白肉胡饼；第五盏是群仙禽、开花饼、太平毕罗、干饭、缕肉羹、莲花肉饼；第六盏假鼋鱼、密浮酥捺花；第七盏排炊羊、胡饼、炙金肠；第八盏假沙鱼、独下馒头、肚羹；第九盏水饭、簇饤下饭。如此而已。

宋朝市面上的吃食似乎很便宜。《东京梦华录》云："吾辈入店，则用一等琉璃浅棱碗，谓之'碧碗'，亦谓之'造羹'，菜蔬精细，谓之'造齑'，每碗十文。"《会仙酒楼》条载："止两人对坐饮酒……即银近百两矣。"初看吓人一跳。细看，这是指餐具的价值——宋人餐具多用银。

几乎所有记两宋风俗的书无不记"市食"。钱塘吴自牧《梦粱录·分茶酒店》最为详备。宋朝的肴馔好像多是"快餐",是现成的。中国古代人流行吃羹。"三日入厨下,洗手作羹汤",不说是洗手炒肉丝。《水浒传》林冲的徒弟说自己"安排得好菜蔬,端整得好汁水","汁水"也就是羹。《东京梦华录》云"旧只用匙,今皆用箸矣",可见本都是可喝的汤水。其次是各种爊菜、爊鸡、爊鸭、爊鹅。再次是半干的肉脯和全干的肉豝。几本书里都提到"影戏豝",我觉得这就是四川的灯影牛肉一类的东西。炒菜也有,如炒蟹,但极少。

宋朝人饮酒和后来有些不同的,是总要有些鲜果、干果,如柑、梨、枣、柿、炒栗子、新银杏,以及莴苣、"姜油多"之类的菜蔬和玛瑙饧、泽州饧之类的糖稀。《水浒传》所谓"铺下果子按酒",即指此类东西。

宋朝的面食品类甚多。我们现在叫作主食,宋人却叫"从食"。面食主要是饼。《水浒传》动辄说"回些面来打饼"。饼有门油、菊花、宽焦、侧厚、油锅、新样满麻。《东京梦华录》载武成王庙前海州张家、皇建院前郑家最盛,每家有五十余炉。五十几个炉子一起烙饼,真是好家伙!

遍检《东京梦华录》《都城纪胜》《西湖老人繁胜录》《梦

梁录》《武林旧事》,都没有发现宋朝人吃海参、鱼翅、燕窝的记载。吃这种滋补性的高蛋白的海味,大概从明朝才开始。这大概和明朝人的纵欲有关系,记得鲁迅好像曾经说过。

宋朝人好像实行的是"分食制"。《东京梦华录》云"用一等琉璃浅棱碗……每碗十文",可证。《韩熙载夜宴图》上画的也是各人一份,不像后来大家合坐一桌,大盘大碗,筷子勺子一起来。这一点是颇合卫生的,因不易传染肝炎。

○ 果蔬秋浓

中国人吃东西讲究色香味。关于色味,我已经写过一些话,今只说香。

水果店

江阴有几家水果店,最大的是正街正对寿山公园的一家,水果多,个大,饱满,新鲜。一进门,扑鼻而来的是浓浓的水果香。最突出的是香蕉的甜香。这香味不是时有时无,时浓时淡,一阵一阵的,而是从早到晚都是这么香,一种长在的、永恒的香。香透肺腑,令人欲醉。

我后来到过很多地方,走进过很多水果店,都没有这家水果店的浓厚的果香。这家水果店的香味使我常常想起,永远不忘。

那年我正在恋爱,初恋。

第一章　○　万物可期，人间值得

果蔬秋浓

今天的活是收萝卜。收萝卜是可以随便吃的——有些果品不能随便吃，顶多尝两个，如二十世纪明月（梨）、柔丁香（葡萄），因为产量太少了，很金贵。萝卜起出来，堆成小山似的。农业工人很有经验，一眼就看出来，这是一般的，过了磅卖出去；这几个好，留下来自己吃。不用刀，用棒子打它一家伙，"棒打萝卜"嘛。咔嚓一声，萝卜就裂开了。萝卜香气四溢，吃起来甜、酥、脆。我们种的是心里美。张家口这地方的水土好像特别宜于萝卜之类作物生长，苤蓝有篮球大，疙瘩白（圆白菜）像一个小铜盆。萝卜多汁，不艮，不辣。

红皮小水萝卜，生吃也很好（有萝卜我不吃水果），我的家乡叫作"杨花萝卜"，因为杨树开花时卖。过了那几天就老了。小红萝卜气味清香。

江青一辈子只说过一句正确的话："小萝卜去皮，真是煞风景！"我们有时陪她看电影，开座谈会，听她东一句西一句地漫谈。开会都是半夜（她白天睡觉，夜里办公），会后有一点夜宵。有时有凉拌小萝卜，小萝卜都是削皮的。萝卜去皮，吃起来不香。

南方的黄瓜不如北方的黄瓜,水叽叽的,吃起来没有黄瓜香。

都爱吃夏初出的顶花带刺的嫩黄瓜,那是很好吃,一咬满口香。嫩黄瓜最好攥在手里整咬,不必拍,更不宜切成细丝。但也有人爱吃二茬黄瓜——秋黄瓜。

呼和浩特有一位老八路,官称"老李森"。此人保留了很多农民的习惯,说起话来满嘴粗话。我们请他到宾馆里来介绍情况,他脱下一只袜子来,一边摇着这只袜子,一边谈,嘴里隔三句就要加一个"我×你妈!"他到一个老朋友曹文玉家来看我们。曹家院里有几架自种的黄瓜,他进门就摘了两条嚼起来。曹文玉说:"你洗一洗!"——"洗它做啥!"

我老是想起这两句话:"宁吃一斗葱,莫逢屈突通。"这两句话大概出自杨升庵的《古谣谚》。[①] 屈突通不知是什么人,印象中好像是北朝的一个很凶恶的武人。读书不随手做点笔记,到要用时就想不起来了。我为什么老是要想起这两句话呢?因为我每天都要吃葱,爱吃葱。

"小葱拌豆腐——一清二白",每年小葱下来时我都要吃几

[①] 原句应为:"宁服三斗葱,不逢屈突通。"《全唐诗》中有收录。

第一章　万物可期，人间值得

次小葱拌豆腐，盐，香油，少量味精。

羊角葱蘸酱卷煎饼。

再过几天，新葱——新鲜的大葱就下来了。

我在一九五八年被定为右派，尚未下放，曾在西山八大处干了一阵活，为大葱装箱。是山东大葱，出口的，可能是出口到东南亚的。这样好的大葱我真没有见过，葱白够一尺长，粗如擀面杖。我们的任务是把大葱在大箱里码整齐，钉上木板。闻得出来，这大葱味甜不辣，很香。

新山药（土豆，或称马铃薯）快下来了，新山药入大笼蒸熟，一揭屉盖，喷香！新山药说不上有什么味道，可是就是有那么一种新山药气。羊肉卤蘸莜面卷，新山药，塞外美食。

苤蓝、茄子，口外都可以生吃。

◎ 家常酒菜

家常酒菜，一要有点新意，二要省钱，三要省事。偶有客来，酒渴思饮。主人卷袖下厨，一面切葱姜，调佐料，一面仍可陪客人聊天，显得从容不迫，若无其事，方有意思。如果主人手忙脚乱，客人坐立不安，这酒还喝个什么劲！

拌 菠 菜

拌菠菜是北京大酒缸最便宜的酒菜。菠菜焯熟，切为寸段，加一勺芝麻酱、蒜汁，或要芥末，随意。过去（一九四八年以前）才三分钱一碟。现在北京的大酒缸已经没有了。

我做的拌菠菜稍为细致。菠菜洗净，去根，在开水锅中焯至八成熟（不可盖锅煮烂），捞出，过凉水，加一点盐，剁成菜泥，挤去菜汁，以手在盘中抟成宝塔状。先碎切香干（北方无香干，可以熏干代），如米粒大，泡好虾米，切姜末、青蒜末。香干末、虾米、姜末、青蒜末，手捏紧，分层堆在菠菜泥上，如宝塔顶。好酱油、香醋、小磨香油及少许味精在小碗中调好。菠菜上桌，将调料轻轻自塔顶淋下。吃时将宝塔推倒，诸料拌匀。

这是我的家乡制拌枸杞头、拌荠菜的办法。北京枸杞头不入馔，荠菜不香。无可奈何，代以菠菜。亦佳。清馋酒客，不妨一试。

拌萝卜丝

小红水萝卜，南方叫"杨花萝卜"，因为是杨花飘时上市的。洗净，去根须，不可去皮。斜切成薄片，再切为细丝，愈细愈好。加少糖，略腌，即可装盘，轻红嫩白，颜色可爱。扬州有一种菊花，即叫"萝卜丝"。临吃，浇以三合油（酱油、醋、香油）。

或加少量海蜇皮细丝同拌，尤佳。

家乡童谣曰："人之初，鼻涕拖；油炒饭，拌萝菠。"可见其普遍。

若无小水萝卜,可以心里美或卫青[①]代,但不如杨花萝卜细嫩。

干　丝

干丝是扬州菜。北方买不到扬州那种质地紧密,可以片薄片,切细丝的方豆腐干,可以豆腐片代。但须选色白,质紧,片薄者。切极细丝,以凉水拔二三次,去盐卤味及豆腥气。

拌干丝,拔后的豆腐片细丝入沸水中煮两三开,捞出,沥去水,置浅汤碗中。青蒜切寸段,略焯,虾米发透,并堆置豆腐丝上。五香花生米搓去皮膜,撒在周围。好酱油、小磨香油,醋(少量),淋入,拌匀。

煮干丝。鸡汤或骨头汤煮。若无鸡汤骨汤,用高压锅煮几片肥瘦肉取汤亦可,但必须有荤汤,加火腿丝、鸡丝。亦可少加冬菇丝、笋丝。或入虾仁、干贝,均无不可。欲汤白者入盐。或稍加酱油(万不可多),少量白糖,则汤色微红。拌干丝宜素,要清爽;煮干丝则不厌浓厚。

无论拌干丝,煮干丝,都要加姜丝,多多益善。

---

① 天津市生产的绿皮萝卜。

扦 瓜 皮

黄瓜（不太老即可）切成寸段，用水果刀从外至内旋成薄条，如带，成卷。剩下带籽的瓜心不用，酱油、糖、花椒、大料、桂皮、胡椒（破粒）、干红辣椒（整个）、味精、料酒（不可缺）调匀。将扦好的瓜皮投入料汁，不时以筷子翻动，使瓜皮沾透料汁，腌约一小时，取出瓜皮装盘。先装中心，然后以瓜皮面朝外，层层码好，如一小馒头，仍以所余料汁自馒头顶淋下。扦瓜皮极脆，嚼之有声，诸味均透，仍有瓜香。此法得之海拉尔一曾治过国宴的厨师。一盘瓜皮，所费不过四五角钱耳。

炒 苞 谷

昆明菜。苞谷即玉米。嫩玉米剥出粒，与瘦猪肉同炒，少放盐。略用葱花煸锅亦可，但葱花不能煸得过老，如成黑色，即不美观。不宜用酱油，酱油会掩盖苞谷的清香。起锅时可稍烹水，但不能多，多则成煮苞谷矣！我到菜市买玉米，挑嫩的，别人都很奇怪：

"挑嫩的干什么？"——"炒肉。"——"玉米能炒了吃？"北京人真是少见多怪。

松花蛋拌豆腐

北豆腐入开水焯过,俟冷,切为小骰子块,加少许盐。松花蛋(要腌得较老的),亦切为骰子块,与豆腐同拌。老姜在蒜臼中捣烂,加水,滗去渣,淋入。不宜用姜米,亦不加醋。

芝麻酱拌腰片

拌腰片要领:一、先不要去腰臊,只用快刀两面平片,剩下腰臊即可扔掉。如先将腰子平剖两半,剥出腰臊,再用刀平片,则腰片易残破不整。二、腰片须用凉水拔,频频换水,至腰片血水排净,方可用。三、焯腰片要锅大水多。等水大开,将腰片推下,旋即用笊篱抄出,不可等腰片复开。将第一次焯腰片的水泼去,洗净锅,再坐锅,水大开,将焯过一次的腰片投入再焯,旋即捞出,放凉水盆中。两次焯,则腰片已熟,而仍脆嫩。如一次焯,待腰片大开,即成煮矣。腰片凉透,挤去水,入盘,浇以芝麻酱、剁碎的郫县豆瓣、葱末、姜米、蒜泥。

拌里脊片

以四川制水煮牛肉法制猪肉,亦可。里脊或通脊斜切薄片,以芡粉抓过。烧开水一锅,投入肉片,以笊篱翻拢,至肉片变色，即可捞出，加调料。

如热吃，即可倾入水煮牛肉的调料：郫县豆瓣（制碎）炒至出香味，加酱油、少量糖、料酒。最后撒碾碎的生花椒、芝麻。

焯过肉的汤，撇去浮沫，可做一个紫菜汤。

塞馅回锅油条

油条两股拆开，切成寸半长的小段。拌好猪肉（肥瘦各半）馅。馅中加盐、葱花、姜末。如加少量榨菜末或酱瓜末、川冬菜末，亦可。用手指将油条小段的窟窿捅通，将肉馅塞入，逐段下油锅炸至油条挺硬，肉馅已熟，捞出装盘。此菜嚼之酥脆。油条中有矾，略有涩味，比炸春卷味道好。

这道菜是本人首创，为任何菜谱所不载。很多菜都是馋人瞎琢磨出来的。

其他酒菜

凤尾鱼、广东香肠，市上可以买到；茶叶蛋、油炸花生米、五香煮栗子、煮毛豆，人人会做；盐水鸭、水晶肘子，做起来太费事，皆不及。

故乡的食物

炒米和焦屑

小时读《板桥家书》："天寒冰冻时暮，穷亲戚朋友到门，先泡一大碗炒米送手中，佐以酱姜一小碟，最是暖老温贫之具。"觉得很亲切。郑板桥是兴化人，我的家乡是高邮，风气相似。这样的感情，是外地人们不易领会的。炒米是各地都有的。但是很多地方都做成了炒米糖。这是很便宜的食品。孩子买了，咯咯地嚼着。四川有"炒米糖开水"，车站码头都有的卖，那是泡着吃的。但四川的炒米糖似也是专业的作坊做的，不像我们那里。我们那里也有炒米糖，像别处一样，切成长方形的一块一块。也有搓成圆球的，叫作"欢喜团"。那也是作坊里做的。但通常所说的炒米，是不加糖粘结的，是"散装"的；而且不是作坊里做出来，是自己家里炒的。

第一章　● 万物可期，人间值得

　　说是自己家里炒，其实是请了人来炒的。炒炒米要点手艺，并不是人人都会的。入了冬，大概是过了冬至吧，有人背了一面大筛子，手持长柄的铁铲，大街小巷地走，这就是炒炒米的。有时带一个助手，多半是个半大孩子，是帮他烧火的。请到家里来，管一顿饭，给几个钱，炒一天。或二斗，或半石；像我们家人口多，一次得炒一石糯米。炒炒米都是把一年所需一次炒齐，没有零零碎碎炒的。过了这个季节，再找炒炒米的也找不着。一炒炒米，就让人觉得，快要过年了。

　　装炒米的坛子是固定的，这个坛子就叫"炒米坛子"，不做别的用途。舀炒米的东西也是固定的，一般人家大都是用一个香烟罐头。我的祖母用的是一个"柚子壳"。柚子，——我们那里柚子不多见，从顶上开一洞，把里面的瓤掏出来，再塞上米糠，风干，就成了一个硬壳的钵状的东西。她用这个柚子壳用了一辈子。

　　我父亲有一个很怪的朋友，叫张仲陶。他很有学问，曾教我读过《项羽本纪》。他薄有田产，不治生业，整天在家研究易经，算卦。他算卦用蓍草。全城只有他一个人用蓍草算卦。据说他有几卦算得极灵。有一家丢了一只金戒指，怀疑是女佣偷了。这女用人蒙了冤枉，来求张先生算一卦。张先生算了，说戒指没有丢,在你们家炒米坛盖子上。一找,果然。我小时就不大相信,算卦怎么能算得这样准,怎么能算得出在炒米坛盖子上呢?不过他的这一卦说明了一件事,即我们那里炒米坛子是几乎家家都有的。

炒米这东西实在说不上有什么好吃。家常预备,不过取其方便。用开水一泡,马上就可以吃。在没有什么东西好吃的时候,泡一碗,可代早晚茶。来了平常的客人,泡一碗,也算是点心。郑板桥说"穷亲戚朋友到门,先泡一大碗炒米送手中",也是说其省事,比下一碗挂面还要简单。炒米是吃不饱人的。一大碗,其实没有多少东西。我们那里吃泡炒米,一般是抓上一把白糖,如板桥所说"佐以酱姜一小碟",也有,少。我现在岁数大了,如有人请我吃泡炒米,我倒宁愿来一小碟酱生姜,——最好滴几滴香油,那倒是还有点意思的。另外还有一种吃法,用猪油煎两个嫩荷包蛋——我们那里叫作"蛋瘪子",抓一把炒米和在一起吃。这种食品是只有"惯宝宝"才能吃得到的。谁家要是老给孩子吃这种东西,街坊就会有议论的。

我们那里还有一种可以急就的食品,叫作"焦屑"。煳锅巴磨成碎末,就是焦屑。我们那里,餐餐吃米饭,顿顿有锅巴。把饭铲出来,锅巴用小火烘焦,起出来,卷成一卷,存

第一章　　万物可期，人间值得

着。锅巴是不会坏的，不发馊，不长霉，攒够一定的数量，就用一具小石磨磨碎，放起来。焦屑也像炒米一样，用开水冲冲，就能吃了。焦屑调匀后成糊状，有点像北方的炒面，但比炒面爽口。

我们那里的人家预备炒米和焦屑，除了方便，原来还有一层意思，是应急。在不能正常煮饭时，可以用来充饥。这很有点像古代行军用的"糒"。有一年，记不得是哪一年，总之是我还小，还在上小学，党军（国民革命军）和联军（孙传芳的军队）在我们县境内开了仗，很多人都躲进了红十字会。不知道出于一种什么信念，大家都以为红十字会是哪一方的军队都不能打进去的，进了红十字会就安全了。红十字会设在炼阳观，这是一个道士观。我们一家带了一点行李进了炼阳观。祖母指挥着，特别关照，把一坛炒米和一坛焦屑带了去。我对这种打破常规的生活极感兴趣。晚上，爬到吕祖楼上去，看双方军队枪炮的火光在东北面不知什么地方一阵一阵地亮着，觉得有点紧张，也很好玩。很多人家住在一起，不能煮饭，这一晚上，我们是冲炒米、泡焦屑度过的。没有床铺，我把几个道士诵经用的蒲团拼起来，在上面睡了一夜。这实在是我小时候度过的一个浪漫主义的夜晚。

第二天，没事了，大家就都回家了。

炒米和焦屑和我家乡的贫穷和长期的动乱是有关系的。

端午的鸭蛋

家乡的端午，很多风俗和外地一样。系百索子。五色的丝线拧成小绳，系在手腕上。丝线是掉色的，洗脸时沾了水，手腕上就印得红一道绿一道的。做香角子。丝线缠成小粽子，里头装了香面，一个一个串起来，挂在帐钩上。贴五毒。红纸剪成五毒，贴在门坎上。贴符。这符是城隍庙送来的。城隍庙的老道士还是我的寄名干爹，他每年端午节前就派小道士送符来，还有两把小纸扇。符送来了，就贴在堂屋的门楣上。一尺来长的黄色、蓝色的纸条，上面用朱笔画些莫名其妙的道道，这就能辟邪么？喝雄黄酒。用酒和的雄黄在孩子的额头上画一个王字，这是很多地方都有的。有一个风俗不知别处有不：放黄烟子。黄烟子是大小如北方的麻雷子的炮仗，只是里面灌的不是硝药，而是雄黄。点着后不响，只是冒出一股黄烟，能冒好一会儿。把点着的黄烟子丢在橱柜下面，说是可以熏五毒。小孩子点了黄烟子，常把它的一头抵在板壁上写虎字。写黄烟虎字笔画不能断，所以我们那里的孩子都会写草书的"一笔虎"。还有一个风俗,是端午节的午饭要吃"十二红",就是十二道红颜色的菜。十二红里我只记得有炒红苋菜、油爆虾、咸鸭蛋,其余的都记不清,数不出了。也许十二红只是一个名目,不一定真凑足十二样。不过午饭的菜都是红的,这一点是我没有记错的,而且,苋菜、虾、鸭蛋,一定是有的。这三样,在我的家乡,都不贵,多数人家是吃得起的。

我的家乡是水乡。出鸭。高邮大麻鸭是著名的鸭种。鸭多,鸭蛋也多。高邮人也善于腌鸭蛋。高邮咸鸭蛋于是出了名。我在苏南、浙江,每逢有人问起我的籍贯,回答之后,对方就会肃然起敬:"哦!你们那里出咸鸭蛋!"上海的卖腌腊的店铺里也卖咸鸭蛋,必用纸条特别标明:"高邮咸蛋"。高邮还出双黄鸭蛋。别处鸭蛋也偶有双黄的,但不如高邮的多,可以成批输出。双黄鸭蛋味道其实无特别处。还不就是个鸭蛋!只是切开之后,里面圆圆的两个黄,使人惊奇不已。我对异乡人称道高邮鸭蛋,是不大高兴的,好像我们那穷地方就只出鸭蛋似的!不过高邮的咸鸭蛋,确实是好,我走的地方不少,所食鸭蛋多矣,但和我家乡的完全不能相比!曾经沧海难为水,他乡咸鸭蛋,我实在瞧不上。袁枚的《随园食单·小菜单》有"腌蛋"一条。袁子才这个人我不喜欢,他的《食单》好些菜的

做法是听来的,他自己并不会做菜。但是《腌蛋》这一条我看后却觉得很亲切,而且"与有荣焉"。文不长,录如下:

> 腌蛋以高邮为佳,颜色细而油多,高文端公最喜食之。席间,先夹取以敬客,放盘中。总宜切开带壳,黄白兼用;不可存黄去白,使味不全,油亦走散。

高邮咸蛋的特点是质细而油多。蛋白柔嫩,不似别处的发干、发粉,入口如嚼石灰。油多尤为别处所不及。鸭蛋的吃法,如袁子才所说,带壳切开,是一种,那是席间待客的办法。平常食用,一般都是敲破"空头"用筷子挖着吃。筷子头一扎下去,吱——,红油就冒出来了。高邮咸蛋的黄是通红的。苏北有一道名菜,叫作"朱砂豆腐",就是用高邮鸭蛋黄炒的豆腐。我在北京吃的咸鸭蛋,蛋黄是浅黄色的,这叫什么咸鸭蛋呢!

端午节,我们那里的孩子兴挂"鸭蛋络子"。头一天,就由姑姑或姐姐用彩色丝线打好了络子。端午一早,鸭蛋煮熟了,由孩子自己去挑一个。鸭蛋有什么可挑的呢?有!一要挑淡青壳的。鸭蛋壳有白的和淡青的两种。二要挑形状好看的。

第一章 ● 万物可期，人间值得

别说鸭蛋都是一样的，细看却不同。有的样子蠢，有的秀气。挑好了，装在络子里，挂在大襟的纽扣上。这有什么好看呢？然而它是孩子心爱的饰物。鸭蛋络子挂了多半天，什么时候孩子一高兴，就把络子里的鸭蛋掏出来，吃了。端午的鸭蛋，新腌不久，只有一点淡淡的咸味，白嘴吃也可以。

孩子吃鸭蛋是很小心的。除了敲去空头外，不把蛋壳碰破。蛋黄、蛋白吃光了，用清水把鸭蛋壳里面洗净，晚上捉了萤火虫来，装在蛋壳里，空头的地方糊一层薄罗。萤火虫在鸭蛋里一闪一闪地亮，好看极了！

小时读囊萤映雪故事，觉得东晋的车胤用练囊盛了几十只萤火虫，照了读书，还不如用鸭蛋壳来装萤火虫。不过用萤火虫照亮来读书，而且一夜读到天亮，这能行么？车胤读的是手写的卷子，字大，若是读现在的新五号字，大概是不行的。

咸菜茨菇汤

一到下雪天，我们家就喝咸菜汤，不知是什么道理。是因为雪天买不到青菜？那也不见得。除非大雪三日，卖菜的出不了门，否则他们总还会上市卖菜的。这大概只是一种习惯。一早起来，看见飘雪花了，我这就知道：今天中午是咸菜汤！

咸菜是青菜腌的。我们那里过去不种白菜，偶有卖的，叫作"黄芽菜"，是外地运去的，很名贵。一盘黄芽菜炒肉丝，是上等菜。平常吃的，都是青菜，青菜似油菜，但高大得多。入秋，腌菜，这时青菜正肥。把青菜成担地买来，洗净，晾去水气，下缸。一层菜，一层盐，码实，即成。随吃随取，可以一直吃到第二年春天。

腌了四五天的新咸菜很好吃，不咸，细、嫩、脆、甜，难可比拟。

咸菜汤是咸菜切碎了煮成的。到了下雪的天气，咸菜已经腌得很咸了，而且已经发酸。咸菜汤的颜色是暗绿的。没有吃惯的人，是不容易引起食欲的。

咸菜汤里有时加了茨菰片，那就是咸菜茨菰汤。或者叫茨菰咸菜汤，都可以。

我小时候对茨菰实在没有好感。这东西有一种苦味。民国二十年（即1931年），我们家乡闹大水，各种作物减产，只有茨菰丰收。那一年我吃了很多茨菰，而且是不去茨菰的嘴子的，真难吃。

我十九岁离乡，辗转漂流，三四十年没有吃到茨菰，并不想。

前好几年，春节后数日，我到沈从文老师家去拜年，他留我吃饭，师母张兆和炒了一盘茨菰肉片。沈先生吃了两片茨菰，说："这个好！格比土豆高。"我承认他这话。吃菜讲究"格"的高低，这种语言正是沈老师的语言。他是对什么事物都讲"格"的，包括对于茨菰、土豆。

因为久违，我对茨菰有了感情。前几年，北京的菜市场在春节前后有卖茨菰的。我见到，必要买一点回来加肉炒了。家里人都不怎么爱吃。所有的茨菰，都由我一个人"包圆儿"了。

北方人不识茨菰。我买茨菰，总要有人问我："这是什么？"——"茨菰。"——"茨菰是什么？"这可不好回答。

北京的茨菰卖得很贵，价钱和"洞子货"（温室所产）的西红柿、野鸡脖韭菜差不多。

我很想喝一碗咸菜茨菰汤。

我想念家乡的雪。

虎头鲨・昂嗤鱼・砗螯・螺蛳・蚬子

苏州人特重塘鳢鱼。上海人也是，一提起塘鳢鱼，眉飞色舞。塘鳢鱼是什么鱼？我向往之久矣。到苏州，曾想尝尝塘鳢鱼，未能如愿。后来我知道：塘鳢鱼就是虎头鲨，嗐！

塘鳢鱼亦称土步鱼。《随园食单》："杭州以土步鱼为上品，而金陵人贱之，目为虎头蛇，可发一笑。"虎头蛇即虎头鲨。这种鱼样子不好看，而且有点凶恶。浑身紫褐色，有细碎黑斑，头大而多骨，鳍如蝶翅。这种鱼在我们那里也是贱鱼，是不能上席的。苏州人做塘醴鱼有清炒、椒盐多法。我们家乡通常的吃法是氽汤，加醋、胡椒。虎头鲨氽汤，鱼肉极细嫩，松而不散，汤味极鲜，开胃。

　　㗒嗵鱼的样子也很怪，头扁嘴阔，有点像鲇鱼，无鳞，皮色黄，有浅黑色的不规整的大斑。无背鳍。而背上有一根很硬的尖锐的骨刺。用手捏起这根骨刺，它就发出㗒嗵㗒嗵小小的声音。这声音是怎么发出来的，我一直没弄明白。这种鱼是由这种声音得名的。它的学名是什么，只有去问鱼类学专家了。这种鱼没有很大的，七八寸长的，就算难得的了。这种鱼也很贱，连乡下人也看不起。我的一个亲戚在农村插队，见到㗒嗵鱼，买了一些，农民都笑他："买这种鱼干什么！"㗒嗵鱼其实是很好吃的。㗒嗵鱼通常也是氽汤。虎头鲨是醋汤，㗒嗵鱼不加醋，汤白如牛乳，是所谓"奶汤"。㗒嗵鱼也极细嫩，鳃边的两块蒜瓣肉有大拇指大，堪称至味。有一年，北京一家鱼店不知从哪里运来一些㗒嗵鱼，无人问津。顾客都不识这是啥鱼。

第一章　○　万物可期，人间值得

有一位卖鱼的老师傅倒知道："这是㕩嗄。"我看到，高兴极了，买了十来条。回家一做，满不是那么一回事！㕩嗄要吃活的（虎头鲨也是活杀）。长途转运，又在冷库里冰了一些日子，肉质变硬，鲜味全失，一点意思都没有！

砗螯，我的家乡叫馋螯，砗螯是扬州人的叫法，我在大连见到花蛤，我以为就是砗螯，不是。形状很相似，入口全不同。花蛤肉粗而硬，咬不动。砗螯极柔软细嫩。砗螯好像是淡水里产的，味道却似海鲜。有点像蛎黄，但比蛎黄味道清爽。比青蛤、虾子味厚。砗螯可清炒，烧豆腐，或与咸肉同煮。砗螯烧乌青菜（江南人叫塌苦菜），风味绝佳。乌青菜如是经霜而现拔的，尤美。我不食砗螯四十五年矣。

砗螯壳稍呈三角形，质坚，白如细瓷，而有各种颜色的弧形花斑，有浅紫的，有暗红的，有赭石、墨蓝的，很好看。家里买了砗螯，挖出砗螯肉，我们就从一堆砗螯壳里去挑选，挑到好的，洗净了留起来玩。砗螯壳的铰合部有两个突出的尖嘴子，把尖嘴子在糙石上磨磨，不一会儿就磨出两个小圆洞，含在嘴里吹，呜呜地响，且有细细颤音，如风吹窗纸。

螺蛳处处有之。我们家乡清明吃螺蛳，谓可以明目。用五香煮熟螺蛳，分给孩子，一人半碗，由他们自己用竹签挑着

061

吃。孩子吃了螺蛳,用小竹弓把螺蛳壳射到屋顶上,喀啦喀啦地响。夏天"捡漏",瓦匠总要扫下好些螺蛳壳。这种小弓不作别的用处,就叫作螺蛳弓,我在小说《戴车匠》里对螺蛳弓有较详细的描写。

蚬子是我所见过的贝类里最小的了,只有一粒瓜子大。蚬子是剥了壳卖的。剥蚬子的人家附近堆了好多蚬子壳,像一个坟头。蚬子炒韭菜,很下饭。这种东西非常便宜,为小户人家的恩物。

有一年修运河堤。按工程规定,有一段堤面应铺碎石,包工的贪污了款子,在堤面铺了一层蚬子壳。前来检收的委员,坐在汽车里,向外一看,白花花的一片,还抽着雪茄烟,连说:"很好!很好!"

我的家乡富水产。鱼中之名贵的是鳊鱼、白鱼(尤重翘嘴白)、鲦花鱼(即鳜鱼),谓之"鳊、白、鲦。"虾有青虾、白虾。蟹极肥。以无特点,故不及。

野鸭·鹌鹑·斑鸠·鹨

过去我们那里野鸭子很多。水乡,野鸭子自然多。秋冬之际,天上有时"过"野鸭子,黑乎乎的一大片,在地上可以

第一章 ● 万物可期，人间值得

听到它们鼓翅的声音，呼呼的，好像刮大风。野鸭子是枪打的（野鸭肉里常常有很细的铁沙子，吃时要小心），但打野鸭子的人自己不进城来卖。卖野鸭子有专门的摊子。有时卖鱼的也卖野鸭子，把一个养活鱼的木盆翻过来，野鸭一对一对地摆在盆底，卖野鸭子是不用秤约的，都是一对一对地卖。野鸭子是有一定分量的。依分量大小，有一定的名称，如"对鸭""八鸭"。哪一种有多大分量，我现在已经记不清了。卖野鸭子都是带毛的。卖野鸭子的可以代客当场去毛，拔野鸭毛是不能用开水烫的。野鸭子皮薄，一烫，皮就破了。干拔，卖野鸭子的把一只鸭子放入一个麻袋里，一手提鸭，一手拔毛，一会儿就拔净了。——放在麻袋里拔，是防止鸭毛飞散。代客拔毛，不另收费，卖野鸭子的只要那一点鸭毛。——野鸭毛是值钱的。

野鸭的吃法通常是切块红烧。清炖大概也可以吧，我没有吃过。野鸭子肉的特点是细、"酥"，不像家鸭每每肉老。野鸭烧咸菜是我们那里的家常菜。里面的咸菜尤其是佐粥的妙品。

现在我们那里的野鸭子很少了。前几年我回乡一次，偶有，卖得很贵。据说是因为县里对各乡水利做了全面综合治理，过去的水荡子、荒滩少了，野鸭子无处栖息。而且，野鸭子过去是吃收割后遗撒在田里的谷粒的，现在收割得很干净，颗粒归仓，野鸭子没有什么可吃的，不来了。

鹌鹑是用网捕的。我们那里吃鹌鹑的人家少，因为这东西只有由乡下的亲戚送来，市面上没有卖的。鹌鹑大都是用五香卤了吃，也有用油炸了的。鹌鹑能斗，但我们那里无斗鹌鹑的风气。

我看见过猎人打斑鸠。我在读初中的时候，午饭后，我到学校后面的野地里去玩。野地里有小河，有野蔷薇，有金黄色的茼蒿花，有苍耳（苍耳子有小钩刺，能挂在衣裤上，我们管它叫"万把钩"），有才抽穗的芦荻。在一片树林里，我发现一个猎人。我们那里猎人很少，我从来没有见过猎人，但是我一看见他，就知道：他是一个猎人。这个猎人给我一个非常猛厉的印象。他穿了一身黑，下面却缠了鲜红的绑腿。他很瘦。他的眼睛黑，而冷。他握着枪。他在干什么？树林上面飞过一只斑鸠。他在追逐这只斑鸠。斑鸠分明已经发现猎人了。它想逃脱。斑鸠飞到北面，在树上落一落，猎人一步一步往北走。斑鸠连忙往南面飞，猎人扬头看了一眼，斑鸠落定了，猎人又一步一步往南走，非常冷静。这是一场无声的，然而非常紧张的、坚持的较量。斑鸠来回飞，猎人来回走。我很奇怪，为什么斑鸠不往树林外面飞。这样几个来回，斑鸠慌了神，它飞得不稳了，歪歪倒倒的，失去了原来均匀的节奏。忽然，砰——枪声一响，斑鸠应声而落。猎人走过去，拾起斑鸠，看了看，装在猎袋里。他的眼睛很黑，很冷。

我在小说《异秉》里提到王二的熏烧摊子上，春天，卖一种叫作"鵽"的野味，现这种东西我在别处没看见过。"鵽"这个字很多人也不认得。多数字典里不收。《辞海》里倒有这个字，标音为（duō 又读 zhuā）。zhuā 与我乡读音较近，但我们那里是读入声的，这只有用国际音标才标得出来。即使用国际音标标出，在不知道"短促急收藏"的北方人也是读不出来的。《辞海》"鵽"字条下注云："见鵽鸠"，似以为"鵽"即"鸠"。而在"鵽鸠"条下注云："鸟名。雉属。即'沙鸡'。"这就不对了。沙鸡我是见过的，吃过的。内蒙古、张家口多出沙鸡。《尔雅·释鸟》郭璞注："出北方沙漠地。"不错。北京冬季偶尔也有卖的。沙鸡嘴短而红，腿也短。我们那里的鵽却是水鸟，嘴长，腿也长。鵽的滋味和沙鸡有天渊之别。沙鸡肉较粗，略带酸味；鵽肉极细，非常香。我一辈子没有吃过比鵽更香的野味。

蒌蒿·枸杞·荠菜·马齿苋

小说《大淖记事》："春初水暖，沙洲上冒出很多紫红色的芦芽和灰绿色的蒌蒿，很快就是一片翠绿了。"我在书面下方加了一条注："蒌蒿是生于水边的野草，粗如笔管，有节，生狭长的小叶，初生二寸来高，叫作'蒌蒿薹子'，加肉炒食极清香。……"蒌蒿的蒌字，我小时不知怎么写，后来偶然看了一本什么书，才知道的。这个字音"吕"。我小学有一个同班同学，姓吕，我们就给他起了个外号，叫"蒌蒿薹子"（蒌蒿薹子家开了一间糖坊，小学毕业后未升学，我们看见他坐在糖坊里当小老板，觉得很滑稽）。但我查了几本字典，"蒌"都音"楼"，我有点恍惚了。"楼"、"吕"一声之转。许多从"娄"的字都读"吕"，如"屡""缕""褛"……这本来无所谓，读"楼"读"吕"，关系不大。但字典上都说蒌蒿是蒿之一种，即白蒿，我却有点不以为然了。我小说里写的蒌蒿和蒿其实不相干。读苏东坡《惠崇春江晚景》诗："竹外桃花三两枝，春江水暖鸭先知。蒌蒿满地芦芽短，正是河豚欲上时。"此蒌蒿生于水边，与芦芽为伴，分明是我的家乡人所吃的蒌蒿，非白蒿。或者"即白蒿"的蒌蒿别是一种，未可知矣。深望懂诗、懂植物学，也懂吃的博雅君子有以教我。

我的小说注文中所说的"极清香"，很不具体，嗅觉和味觉是很难比方，无法具体的。昔人以为荔枝味似软枣，实在是

第一章　万物可期，人间值得

风马牛不相及。我所谓"清香"，即食时如坐在河边闻到新涨的春水的气味。这是实话，并非故作玄言。

枸杞到处都有。开花后结长圆形的小浆果，即枸杞子。我们叫它"狗奶子"，形状颇像。本地产的枸杞子没有入药的，大概不如宁夏产的好。枸杞是多年生植物。春天，冒出嫩叶，即枸杞头。枸杞头是容易采到的。偶尔也有近城的乡村的女孩子采了，放在竹篮里叫卖："枸杞头来！"——枸杞头可下油盐炒食；或用开水焯了，切碎，加香油、酱油、醋，凉拌了吃。那滋味，也只能说"极清香"。春天吃枸杞头，云可以清火，如北方人吃苣荬菜一样。

"三月三，荠菜花赛牡丹。"俗谓是日以荠菜花置灶上，则蚂蚁不上锅台。

北京也偶有荠菜卖。菜市上卖的是园子里种的，茎白叶大，颜色较野生者浅淡，无香气。农贸市场间有南方的老太太挑了野生的来卖，则又过于细瘦，如一团乱发，制熟后强硬扎嘴。总不如南方野生的有味。

江南人惯用荠菜包春卷，包馄饨，甚佳。我们家乡有用来包春卷的，用来包馄饨的没有，我们家乡没有"菜肉馄饨"。一般是凉拌。荠菜焯熟剁碎，界首茶干切细丁，入虾米，同拌。

这道菜是可以上酒席作凉菜的。酒席上的凉拌荠菜都用手抟成一座尖塔,临吃推倒。

马齿苋现在很少有人吃。古代这是相当重要的菜蔬。苋分人苋、马苋。人苋即今苋菜,马苋即马齿苋。我的祖母每于夏天摘肥嫩的马齿苋晾干,过年时做馅包包子。她是吃长斋的,这种包子只有她一个人吃。我有时从她的盘子里拿一个,蘸了香油吃,挺香。马齿苋有点淡淡的酸味。

马齿苋开花,花瓣如一小囊。我们有时捉了一个哑巴知了,——知了是应该会叫的,捉住一个哑巴,多么扫兴!于是就摘了两个马齿苋的花瓣套住它的眼睛,——马齿苋花瓣套知了眼睛正合适,一撒手,这知了就拼命往高处飞,一直飞到看不见!

"三年自然灾害",我在张家口沙岭子吃过不少马齿苋。那时候,这是宝物!

◆ 鱼我所欲也

石　斑　鱼

我第一次吃石斑鱼是在一九四七年，在越南海防一家华侨开的饭馆里。那吃法很别致。一条很大的石斑鱼，红烧，同时上一大盘生的薄荷叶。我仿照邻座人的办法，吃一口石斑鱼，嚼几片薄荷叶。这薄荷可把口中残余的鱼味去掉，再吃第二口，则鱼味常新。这种吃法，国内似没有。越南人爱吃薄荷，华侨饭馆这样的搭配，盖受越南人之影响。

石斑鱼有红斑，青斑——即灰鼠斑。灰鼠斑尤为名贵，清蒸最好。

鳜　鱼

可以和石斑鱼相媲美的淡水鱼，其谓鳜鱼乎？张志和《渔父》词："西塞山前白鹭飞，桃花流水鳜鱼肥。"一经品题，身价十倍。我的家乡是水乡，产鱼，而以"鳊、白、鲑"为三大鱼名："鲑"是鲑花鱼，即鳜鱼。徐文长以为"鲑"字应作"罽"。"罽"是古代的花毯。鲑花鱼身上有黄黑的斑点，似"罽"。但"罽"字今人多不识，如果饭馆的菜单上出现这个字，顾客将不知道这是什么东西。鳜鱼肉细，是蒜瓣肉，刺少，清蒸、氽汤、红烧、糖醋皆宜。苏南饭馆做"松鼠鳜鱼"，甚佳。

一九三八年，我在淮安吃过干炸鲑花鱼。活鳜鱼，重三斤，加花刀，在大油锅中炸熟，外皮酥脆，鱼肉白嫩，蘸花椒盐吃，极妙。和我一同吃的有小叔父汪兰生、表弟董受申。汪兰生、董受申都去世多年了。

鲥鱼·刀鱼·鮰鱼

这都是江鱼。

鲥鱼现在卖到两百多块钱一斤，成了走后门送礼的东西，"吃的人不买，买的人不吃"。

刀鱼极鲜、肉极细，但多刺。金圣叹尝以为刀鱼刺多是人生恨事之一。不会吃刀鱼的人是很容易卡到嗓子的。镇江人以刀鱼煮至稀烂，用纱布滤去细刺，以做汤，下面，即谓"刀鱼面"，很美。

我在江阴读南菁中学时，常常吃到鮰鱼，学校食堂里常做这东西。在江阴是很便宜的。鮰鱼本名鮠鱼，但今人只叫它鮰鱼。鮰鱼大概也能红烧。但我在中学时吃的鮰鱼都是白烧。后来在汉口的璇宫饭店吃的，也是白烧。鮰鱼肉厚，切块放在碗里，没有吃过的人会以为这是鸡块。鮰鱼几乎无刺，大块入口，吃起来很过瘾，宜于馋而懒的人。或说鮰鱼是吃死人的。江里哪有那么多的死人?! 鮰鱼吃鱼，是确实的。凡吃鱼的鱼都好吃，鳜鱼也是吃鱼的。养鱼的池塘里是不能有鳜鱼的，见鳜鱼，即捕去。

黄 河 鲤 鱼

我不爱吃鲤鱼，因为肉粗，且有土腥气，但黄河鲤鱼除外。在河南开封吃过黄河鲤鱼，后来在山东水泊梁山下吃过黄河鲤鱼，名不虚传。辨黄河鲤与非黄河鲤，只需看鲤鱼剖开后内膜是白的还是黑的。白色者是真黄河鲤，黑色者是假货。梁山一带人对鲤鱼很重视,酒席上必须有鲤鱼,"无鱼不成席"。婚宴尤不可少。梁山一带人对即将结婚的青年男女,不说是"等着吃你的喜酒",而说"等着吃你的鱼!"鲤鱼要吃三斤左右的,价也最贵。《水浒传·吴学究说三阮撞筹》中吴用说他"在一个大财主家做门馆教学,今来要对付十数尾金色鲤鱼,要重十四五斤的"。鲤鱼大到十四五斤,不好吃了,写《水浒传》的施耐庵、罗贯中对吃鲤鱼外行。

鳝　　鱼

　　淮安人能做全鳝席,一桌子菜,全是鳝鱼。除了烤鳝背、炝虎尾等名堂,主要的做法一是炒,二是烧。鳝鱼烫熟切丝再炒,叫作"软兜";生炒叫炒脆鳝。红烧鳝段叫"火烧马鞍桥",更粗的鳝段叫"闷张飞"。制鳝鱼都要下大量姜、蒜,上桌后撒胡椒,不厌其多。

◇ 肉食者不鄙

狮　子　头

狮子头是淮安菜。猪肉肥瘦各半，爱吃肥的亦可肥七瘦三，要"细切粗斩"，如石榴米大小（绞肉机绞的肉末不行），荸荠切碎，与肉末同拌，用手抟成招柑大的球，入油锅略炸，至外结薄壳，捞出，放进水锅中，加酱油、糖，慢火煮，煮至透味，收汤放入深腹大盘。

狮子头松而不散，入口即化，北方的"四喜丸子"不能与之相比。

周总理在淮安住过，会做狮子头，曾在重庆红岩八路军办事处做过一次，说："多年不做了，来来来，尝尝！"想必做得很成功，因为语气中流露出得意。

我在淮安中学读过一个学期，食堂里有一次做狮子头，一大锅油，狮子头像炸麻团似的在油里翻滚，捞出，放在碗里上笼蒸，下衬白菜。一般狮子头多是红烧，食堂所做却是白汤，我觉最能存其本味。

镇 江 肴 蹄

镇江肴蹄，盐渍，加硝，放大盆中，以巨大石块压之，至肥瘦肉都已板实，取出，煮熟，晾去水气，切厚片，装盘。瘦肉颜色殷红，肥肉白如羊脂玉，入口不腻。

吃肴肉，要蘸镇江醋，加嫩姜丝。

乳 腐 肉

乳腐肉是苏州松鹤楼的名菜，制法未详。我所做乳腐肉乃以意为之。猪肋肉一块，煮至六七成熟，捞出，俟冷，切大片，每片须带肉皮，肥瘦肉，用煮肉原汤入锅，红乳腐碾烂，加冰糖、黄酒，小火焖。乳腐肉嫩如豆腐，颜色红亮，下饭最宜。汤汁可蘸银丝卷。

第一章　● 万物可期，人间值得

腌　笃　鲜

上海菜。鲜肉和咸肉同炖，加扁尖笋。

东　坡　肉

浙江杭州、四川眉山，全国到处都有东坡肉。苏东坡爱吃猪肉，见于诗文。东坡肉其实就是红烧肉，功夫全在火候。先用猛火攻，大滚儿开，即加作料，用微火慢炖，汤汁略起小泡即可。东坡论煮肉法，云须忌水，不得已时可以浓茶烈酒代之。完全不加水是不行的，会焦煳粘锅，但水不能多。要加大量黄酒。扬州炖肉，还要加一点高粱酒。加浓茶，我试过，也吃不出有什么特殊的味道。

传东坡有一首诗："无竹令人俗，无肉令人瘦。若要不俗与不瘦，除非天天笋烧肉。"未必可靠，但苏东坡有时是会写这种打油体的诗的。冬笋烧肉，是很好吃。我的大姑妈善做这道菜，我每次到姑妈家，她都做。

霉干菜烧肉

这是绍兴菜，全国各处皆有，但不似绍兴人三天两头就要吃一次，鲁迅一辈子大概都离不开霉干菜。《风波》里所写的蒸得乌黑的霉干菜很诱人，那大概是不放肉的。

黄鱼鲞烧肉

宁波人爱吃黄鱼鲞（黄鱼干）烧肉，广东人爱吃咸鱼烧肉，这都是外地人所不能理解的口味，其实这种搭配是很有道理的。近几年因为违法乱捕，黄鱼产量锐减，连新鲜黄鱼都很难吃到，更不用说黄鱼鲞了。

火　腿

浙江金华火腿和云南宣威火腿风格不同。金华火腿味清，宣威火腿味重。

昆明过去火腿很多，哪一家饭铺里都能吃到火腿。昆明人爱吃肘棒的部位，横切成圆片，外裹一层薄皮，里面一圈肥肉，当中是瘦肉，叫作"金钱片腿"。正义路有一家火腿庄，专卖火腿，除了整只的、零切的火腿，还可以买到火腿脚爪、火腿油。火腿油炖豆腐很好吃。护国路原来有一家本地馆子，叫"东月楼"，有一道名菜"锅贴乌鱼"，乃以乌鱼片两片，中夹火腿一片，在平底锅上烙熟，味道之鲜美，难以形容。前年我到昆明去，向本地人问起东月楼，说是早就没有了，"锅贴乌鱼"遂成《广陵散》。

华山南路吉庆祥的火腿月饼，全国第一。一个重旧秤四两，名曰"四两砣"。吉庆祥还在，而且有了分号，所制四两砣不减当年。

腊　　肉

湖南人爱吃腊肉。农村人家杀了猪，大部分都腌了，挂在厨灶房梁上，烟熏成腊肉。我不怎样爱吃腊肉，有一次在长沙一家大饭店吃了一回蒸腊肉，这盘腊肉真叫好。通常的腊肉是条状，切片不成形，这盘腊肉却是切成颇大的整齐的方片，而且蒸得极烂，我没有想到腊肉能蒸得这样烂！入口香糯，真是难得。

夹沙肉·芋泥肉

夹沙肉和芋泥肉都是甜的，夹沙肉是川菜，芋泥肉是广西菜。厚膘豚肩肉，煮半熟，捞出，沥去汤，过油灼肉皮起泡，候冷，切大片，两片之间不切通，夹入豆沙，装碗笼蒸，蒸至四川人所说"粑而不烂"倒扣在盘里，上桌，是为夹沙肉。芋泥肉做法与夹沙肉相似，芋泥较豆沙尤为细腻，且有芋香，味较夹沙肉更胜一筹。

白 肉 火 锅

白肉火锅是东北菜。其特点是肉片极薄，是把大块肉冻实了，用刨子刨出来的，故入锅一涮就熟，很嫩。白肉火锅用海蛎子（蚝）作锅底，加酸菜。

烤 乳 猪

烤乳猪原来各地都有，清代满汉餐席上必有这道菜，后来别处渐渐没有，只有广东一直盛行，大饭店或烧腊摊上的烤乳猪都很好。烤乳猪如果抹一点甜面酱卷薄饼吃，一定不亚于北京烤鸭。可惜广东人不大懂得吃饼，一般烤乳猪只作为冷盘。

○ 贴　秋　膘

人到夏天，没有什么胃口，饭食清淡简单，芝麻酱面（过水，抓一把黄瓜丝，浇点花椒油）；烙两张葱花饼，熬点绿豆稀粥——两三个月下来，体重大都要减少一点。秋风一起，胃口大开，想吃点好的，增加一点营养，补偿补偿夏天的损失，北方人谓之"贴秋膘"。

北京人所谓"贴秋膘"有特殊的含意，即吃烤肉。

烤肉大概源于少数民族的吃法。日本人称烤羊肉为"成吉思汗料理"（青木正儿《中华腌菜谱》里提到），似乎这是蒙古人的东西。但我看《元朝秘史》，并没有看到烤肉。成吉思汗当然是吃羊肉的，《秘史》里几次提到他到了一个什么地方，吃了一只"双母乳的羊羔"。羊羔而是"双母乳"（两只母羊喂奶）的，想必十分肥嫩。一顿吃一只羊羔，这食量是够可以的。但似乎只是白煮，即便是烤，也会是整只地烤，不会像北京的烤肉一样。如果是北京的烤肉，他吃起来大概也不耐烦，觉得不过瘾。我去过内蒙古几次，也没有在草原上吃过烤肉。那么，这是不是蒙古料理，颇可存疑。北京卖烤肉的，都是回族人馆子。"烤肉宛"原来有齐白石写的一块小匾，写得明白："清真烤肉宛。"这块匾是写在宣纸上的，嵌在镜框里，字写得很好，后面还加了两行注脚："诸书无烤字，应人所请自我作古。"我曾写信问过语言文字学家朱德熙，是不是古代没有"烤"字，德熙复信说古代字书上确实没有这个字。看来"烤"字是近代人造出来的字了。这是不是回族人的吃法？我到过回族人集中的兰州，到过新疆的乌鲁木齐、伊犁、吐鲁番，都没有见到如北京烤肉一样的烤肉。烤羊肉串是到处有的，但那是另外一种。北京的烤肉起源于何时，原是哪个民族的，已不可考。反正它已经在北京生根落户，成了北京"三烤"（烤肉，烤鸭，烤白薯）之一，是"北京吃儿"的代表作了。

北京烤肉是在"炙子"上烤的。"炙子"是一根一根铁条钉成的圆板，下面烧着大块儿的劈柴，松木或果木。羊肉切成薄片（也有烤牛肉的，少），由堂倌在大碗里拌好佐料——酱油、香油、料酒、大量的香菜，加一点水，交给顾客，由顾客用长筷子平摊在炙子上烤。炙子的铁条之间有小缝，下面的柴

第一章　万物可期，人间值得

烟火气可以从缝隙中透上来，不但整个炙子受火均匀，而且使烤着的肉带柴木清香；上面的汤卤肉屑又可填入缝中，增加了烤炙的焦香。过去吃烤肉都是自己烤。因为炙子颇高，只能站着烤，或一只脚踩在长凳上。大火烤着，外面的衣裳穿不住，大都脱得只穿一件衬衫。足蹬长凳，解衣磅礴，一边大口地吃肉，一边喝白酒，很有点剽悍豪霸之气。满屋子都是烤炙的肉香，这气氛就能使人增加三分胃口。平常食量，吃一斤烤肉，问题不大。吃斤半，二斤，二斤半的，有的是。自己烤，嫩一点，焦一点，可以随意。而且烤本身就是个乐趣。

北京烤肉有名的三家：烤肉季，烤肉宛，烤肉刘。烤肉宛在宣武门里，我住在国会街时，几步就到了，常去。有时懒得去等炙子（因为顾客多，炙子常不得空），就派一个孩子带个饭盒烤一饭盒，买几个烧饼，一家子一顿饭，就解决了。烤肉宛去吃过的名人很多。除了齐白石写的一块匾，还有张大千写的一块。梅兰芳题了一首诗，记得第一句是"宛家烤肉旧驰名"，字和诗当然是许姬传代笔。烤肉季在什刹海，烤肉刘在虎坊桥。

从前北京人有到野地里吃烤肉的风气。玉渊潭就是个吃烤肉的地方。一边看看野景，一边吃着烤肉，别是一番滋味。

听玉渊潭附近的老住户说,过去一到秋天,老远就闻到烤肉香味。

北京现在还能吃到烤肉,但都改成由服务员代烤了。端上来,那就没劲了。我没有去过。内蒙古也有"贴秋膘"的说法,我在呼和浩特就听到过。不过似乎只是汉族干部或说汉语的蒙古族干部这样说。蒙古语有没有这说法,不知道。呼伦贝尔市的干部很愿意秋天"下去"考察工作或调查材料。别人就会说:"哪里是去考察、调查,是'贴秋膘'去了。"呼伦贝尔市干部所说"贴秋膘"是说下去吃羊肉去了。但不是去吃烤肉,而是去吃手把羊肉。到了草原,少不了要吃几顿羊肉。有客人来,杀一只羊,这在牧民实在不算什么。关于手把羊肉,我曾写过一篇文章,收入《蒲桥集》,兹不重述。那篇文章漏了一句很重要的话,即羊肉要秋天才好吃,大概要到阴历九月,羊才上膘,才肥。羊上了膘,人才可以去"贴"。

夏天的昆虫

蝈 蝈

蝈蝈我们那里叫作"叫蛐子"。因为它长得粗壮结实，样子也不大好看，还特别在前面加一个"侉"字，叫作"侉叫蛐子"。这东西就是会呱呱地叫。有时嫌它叫得太吵人了，在它的笼子上拍一下，它就大叫一声："呱！——"停止了。它什么都吃。据说吃了辣椒更爱叫，我就挑顶辣的辣椒喂它。早晨，掐了南瓜花（谎花）喂它，只是取其好看而已。这东西是咬人的。有时捏住笼子，它会从竹蓖①的洞里咬你的指头肚子一口！

另有一种秋叫蛐子，较晚出，体小，通身碧绿如玻璃料，

---

① 蓖指蓖麻，一年生或多年生草本植物，叶子大，掌状分裂。

叫声轻脆①。秋叫蛐子养在牛角做的圆盒中,顶面有一块玻璃。我能自己做这种牛角盒子,要紧的是弄出一块大小合适的圆玻璃。把玻璃放在水盆里,用剪子剪,则不碎裂。秋叫蛐子价钱比侉叫蛐子贵得多。养好了,可以越冬。

叫蛐子是可以吃的。得是三尾的,腹大多子。扔在枯树枝火中,一会儿就熟了。味极似虾。

蝉

蝉大别有三类。一种是"海溜",最大,色黑,叫声洪亮。这是蝉里的楚霸王,生命力很强。我曾捉了一只,养在一个断了发条的旧座钟里,活了好多天。一种是"嘟溜",体较小,绿色而有点银光,样子最好看,叫声也好听:"嘟溜——嘟溜——嘟溜——"。一种叫"叽溜",最小,暗赭色,也是因其叫声而得名。

蝉喜欢栖息在柳树上。古人常画"高柳鸣蝉",是有道理的。

北京的孩子捉蝉用粘竿——竹竿头上涂了粘胶。我们小时

---

① 现在写作"清脆",指(声音)清楚悦耳或(食物)脆而清香。

第一章 ● 万物可期，人间值得

候则用蜘蛛网。选一根结实的长芦苇，一头撅成三角形，用线缚住，看见有大蜘蛛网就一绞，三角里络满了蜘蛛网，很粘。瞅准了一只蝉，轻轻一捂，蝉的翅膀就被粘住了。

佝偻丈人承蜩，不知道用的是什么工具。

蜻　　蜓

家乡的蜻蜓有三种。

一种极大，头胸浓绿色，腹部有黑色的环纹，尾部两侧有革质的小圆片，叫作"绿豆钢"。这家伙厉害得很，飞时巨大的翅膀磨得嚓嚓地响。或捉之置室内，它会对着窗玻璃猛撞。

一种即常见的蜻蜓，有灰蓝色和绿色的。蜻蜓的眼睛很尖，但到黄昏后眼力就有点不济。它们栖息着不动，从后面轻轻伸手，一捏就能捏住。玩蜻蜓有一种恶作剧的玩法：掐一根狗尾巴草，把草茎插进蜻蜓的屁股，一撒手，蜻蜓就带着狗尾巴草的穗子飞了。

一种是红蜻蜓。不知道什么道理，说这是灶王爷的马。

另有一种纯黑的蜻蜓。身上、翅膀都是深黑色，我们叫它鬼蜻蜓，因为它有点鬼气。也叫"寡妇"。

刀　螂

刀螂即螳螂。螳螂是很好看的。螳螂的头可以四面转动。螳螂翅膀嫩绿，颜色和脉纹都很美。昆虫翅膀好看的，为螳螂，为纺织娘。

或问：你写这些昆虫什么意思？答曰：我只是希望现在的孩子也能玩玩这些昆虫，对自然发生兴趣。现在的孩子大都只在电子玩具包围中长大，未必是好事。

◆ 冬天的树

冬天的树

冬天的树，伸出细细的枝子，像一阵淡紫色的烟雾。

冬天的树，像一些铜板蚀刻。

冬天的树，简练，清楚。

冬天的树，现出了它的全身。

冬天的树，落尽了所有的叶子，为了不受风的摇撼。

冬天的树，轻轻地、轻轻地呼吸着，树梢隐隐地起伏。

冬天的树在静静地思索。

（这是冬天了，今年真不算冷。空气有点潮湿起来，怕是要下一场小雨了吧。）

冬天的树，已经出了一些比米粒还小的芽苞，裹在黑色的鞘壳里，偷偷地露出一点娇红。

冬天的树，很快就会吐出一朵一朵透明的、嫩绿的新叶，像一朵一朵火焰，飘动在天空中。

很快，就会满树都是繁华的、丰盛的、浓密的绿叶，在丽日和风之中，兴高采烈，大声地喧哗。

标　语

游行过去了。已经有多少天了？……

下午一点钟游行，现在，可以走了。把墨水瓶盖起来，椅子推到桌子底下，摸一摸钥匙，走。立刻，这个城市变了样子。人走到街上来，变成了队伍。沉静、平稳的，然而凝炼的、湍急的队伍。人们从自己身上感觉到别人的紧张的肌肉和饱满的肺，从别人的眼睛里看到自己的发光的眼睛。于是，队伍密集起来，汇总起来，成了一片海。海的力量，海的声音，震动着全城的扩音器和收音机的喇叭，哗啦，哗啦……

一直到晚上，人们才回来，在暮色中，在每天在一定的时候亮起来的路灯底下，一群一群，一阵一阵，走在马路边上，带着没有消散的兴奋和卷得整整齐齐的旗子……

游行过去了……

现在，这里是日常生活。人来，人往。公共汽车斜驶过

第一章 ● 万物可期，人间值得

来，轻巧地进了站。冰糖葫芦。邮筒。鲜花店的玻璃上结着水气，一朵红花清晰地突现出来，从恍惚的绿影的后面。狐皮大衣，铜鼓。炒栗子的香气。十二月上午的阳光……

但是有标语。标语留下来，标语贴在墙上，贴在日常生活里面。标语一天一天地变得更加切实，更加深刻：

我们坚决支援埃及人民。

公 共 汽 车

去年，在公共汽车上，我的孩子问我："小驴子有舅舅吗？"他在路上看到一只小驴子；他自己的舅舅前两天刚从桂林来，开了几天会，又走了。

今年，在公共汽车上，我的孩子告诉我："这是洒水车，这是载重汽车，这是老吊车……我会画大卡车。我们托儿所有个小朋友，他画得棒极了，他什么都会画，他……"

我的孩子跟我说了不止一次了："我长大了开公共汽车！"我想了一想，我没有意见。不过，这一来，每次上公共汽车，我就只好更得顺着他了。

从前，一上公共汽车，我总是向后面看看，要是有座位，能坐一会儿也好嘛。他可不，一上来就往前面钻。钻到前面干什么呢？站在那里看司机叔叔开汽车。起先他问我为什么前面那个表旁边有两个扣子大的小灯，一个红的，一个黄的？为什么亮了——又慢慢地灭了？我以为他发生兴趣的也就是这两个小灯；后来我发现并不是的，他对那两个小灯已经颇为冷淡了，但还是一样一上车就急忙往前面钻，站在那里看。我知道吸引住他的早就已经不是小红灯小黄灯，是人开汽车。

我们曾经因为意见不同而发生过不愉快。有一两次因为我不很了解，没有尊重他的愿望，一上车就抱着他到后面去坐下了，及至发觉，则已经来不及了，前面已经堵得严严的，怎么也挤不过去了。于是他跟我吵了一路。"我说上前面，你定要到后面来！"——"你没有说呀！"——"我说了！我说了！"——他是没有说，不过他在心里是说了。"现在去也不行啦，这么多人！"——"刚才没有人！刚才没有人！"这以后，我就尊重他了，甭想再坐了。但是我"从思想里明确起来"，则还在他宣布了他的志愿以后。从此，一上车，我就立刻往右拐，几乎已经成了本能，简直比他还积极。有时前面人多，我也带着他往前挤："劳驾，劳驾，我们这孩子，唉！要看开汽车，咳……"

开公共汽车。这实在也不坏。

开公共汽车，这是一桩复杂的、艰巨的工作。开公共汽

第一章　❂　万物可期，人间值得

车，这不是开普通的汽车。你知道，北京的公共汽车有多挤。在公共汽车上工作，这是对付人的工作，不是对付机器。

在北京的公共汽车上工作的，开车的，售票的，绝大部分是一些有本事的、精干的人。我看过很多司机，很多售票员。有一些，确乎是不好的。我看过一个面色苍白的、萎弱的售票员，他几乎一早上出车时就打不起精神来。他含含糊糊地，口齿不清地报着站名，吃力地点着钱，划着票；眼睛看也不看，带着淡淡的怨气呻吟着："不下车的往后面走走，下面等车的人很多……"也有的司机，在车子到站，上客下客的时候就休息起来，或者看他手上的表，驾驶台后面的事他满不关心。但是我看过很多精力旺盛的，机敏灵活的，不疲倦的售票员。

我看到过一个长着浅浅的兜腮胡子和一对乌黑的大眼睛的角色，他在最挤的一趟车快要到达终点站的时候还是声若洪钟。一副配在最大的演出会上报幕的真正漂亮的嗓子。大声地说了那么多话而能一点不声嘶力竭，气急败坏，这不只是个嗓子的问题。我看到过一个家伙，他每次都能在一定的地方，用一定的速度报告下车之后到什么地方该换乘什么车，他的声音是比较固定的，但是保持着自然的语调高低，咬字准确清楚，没有像有些售票员一样把许多字音吃了，并且因为把两个字音搭起来变成一种特殊的声调，没有变成一种过分职业化的有点油气的说白，没有把这个工作变成一种仅具形式的玩弄——而且，每一次他都是恰好把最后一句话说完，车也就到了站，他就在最后一个字的尾音里拉开了车门，顺势弹跳下车。我看见过一个总是高高兴兴而又精细认真的小伙子。那是夏天，他穿一件背心，已经完全汗湿了而且弄得颇有点污脏了，但是他还是笑嘻嘻的。我看见他很亲切地请一位乘客起来，让一位怀孕的女同志坐，而那位女同志不坐，说她再有两站就下车了，"坐两站也好嘛！"她竟然坚持不坐，于是他只好无可奈何地笑一笑；车上的人也都很同情他的笑，包括那位刚刚站起来的乘客，这个座位终于只是空着，尽管车上并不是不挤。车上的人这时想到的不是自己要不要坐下，而是想的另外一类的事情。

有那样的售票员，在看见有孕妇、老人、孩子上车的时候也说一声："劳驾来，给孕妇、抱小孩的让个座吧！"说完了他就不管了。甚至有的说过了还急忙离孕妇、老人远一点，躲开抱着孩子的母亲向他看着的眼睛，他怕真给找起座位来麻烦，怕遇到蛮横的乘客惹起争吵，他没有诚心，在困难面前退却了。他不。对于他所提出的给孕妇、老人、孩子让座的请求是不会有人拒绝，不会不乐意的，因为他确是在关心着老人、孕

第一章　　万物可期，人间值得

妇和孩子，不只是履行职务，他是要想尽办法使他们安全，使他们比较舒适的，不只是说两句话。他找起座位来总是比较顺利，用不了多少时候，所以耽误不了别的事。

这不是很奇怪么？是的，了解一个人的品德并不很难，只要看看他的眼睛。我看见，在车里人比较少一点的时候，在他把票都卖完了的时候，他和一个学生模样的女孩子在闲谈，好像谈她的姨妈怎么怎么的，看起来，这女孩是他一个邻居。而当车快到站的时候，他立刻很自然地结束了谈话，扬声报告所到的站名和转乘车辆的路线，打开车门，稳健而灵活地跳下去。我看见，他的背心上印着字：一九五五年北京市公共汽车公司模范售票员；底下还有一个号码，很抱歉，我把它忘了。当时我是记住的，我以为我不会忘，可是我把它忘了。我对记数目字太没有本领了——是225？是不是？现在是六点一刻，他就要交班了。他到了家，洗一个澡，一定会换一身干干净净的、雪白的衬衫，还会去看一场电影。会的，他很愉快，他不感到十分疲倦。是和谁呢？是刚才车上那个女孩子么？这小伙子有一副招人喜欢的体态：文雅。多么漂亮，多有出息的小伙子！祝你幸福……

我看到过一个司机。就是跟那个苍白的、疲乏的售票员在一辆车上的司机。这是一个沉默寡言的、冷静的人，有四十多岁，一张瘦瘦的黑黑的脸，脸上没有什么表情。

这个人，车是开得好的；在路上遇到什么人乱跑或者前面的自行车把不住方向，情况颇为紧急时，从不大惊小怪，不使得一车的人都急忙伸出头来往外看，也不大声呵斥骑车行路的人。

这个人，一到站，就站起来，转身向后，偶尔也伸出手来指点一下："那位穿蓝制服的，你要到西单才下车。请你往后走走。拿皮包的那位同志，请你偏过身子来，让这位老太太下车。车下有一个孕妇，坐专座的同志，请你站起来。往后走，往后走，后面还有地方，还可以再往后走。"很奇怪，车上的人就在他的这样的简单的、平淡的话的指挥之下，变得服服帖帖，很有秩序。他从来不呼吁，不请求，不道"劳驾"，不说"上下班的时候，人多，大家挤挤！""大礼拜六的，谁不想早点回家呀，挤挤，挤挤，多上一个是一个！""外边下着雨，互相多照顾照顾吧，都上来了最好！""上不来了！后边车就来啦！我不愿意多上几个呀！我愿意都上来才好哩，也得挤得下呀！"他不说这些！这个人身上有一种奇特的东西，那就是：坚定、自信。

第一章　万物可期，人间值得

我看了看车上钉着的"公共汽车司机售票员守则"，有一条，是"负责疏导乘客"。"疏导"，这两个字是谁想出来的？这实在很好，这用在他身上是再恰当也没有了。于此可见，语言，是得要从生活里来的。我再看看"公约"，"公约"的第一条是："热爱乘客。"我想了想，像他这样，是"热爱"么？我想，是的，是热爱，这样的冷静、坚定，也是热爱，正如同那225号的小伙子的开朗的笑容是热爱一样……

人，是有各色各样的人的。

……我的孩子长大了要开公共汽车，我没有意见。

猫

我不喜欢猫。

我的祖父有一只大黑猫。这只猫很老了,老得懒得动,整天在屋里趴着。

从这只老猫我知道猫的一些习性:

猫念经。猫不知道为什么整天"念经",整天呜噜呜噜不停。这呜噜呜噜的声音不知是从哪里发出来的,怎么发出来的。不是从喉咙里,像是从肚子里发出的。呜噜呜噜……真是奇怪。别的动物没有这样不停地念经的。

猫洗脸。我小时洗脸很马虎,我的继母说我是猫洗脸。猫为什么要"洗脸"呢?

猫盖屎。北京人把做了见不得人的事想遮掩而又遮不住,叫"猫盖屎"。猫怎么知道拉了屎要盖起来的?谁教给它的?——母猫,猫的妈?

第一章 ● 万物可期，人间值得

我的大伯父养了十几只猫。比较名贵的是玳瑁猫——有白、黄、黑色的斑块。如是狮子猫，即更名贵。其他的猫也都有品，如"铁棒打三桃"——白猫黑尾，身有三块桃形的黑斑；"雪里拖枪"；黑猫、白猫、黄猫、狸猫……

我觉得不论叫什么名堂的猫，都不好看。

只有一次，在昆明，我看见过一只非常好看的小猫。

这家姓陈，是广东人。我有个同乡，姓朱，在轮船上结识了她们，母亲和女儿，攀谈起来。我这同乡爱和漂亮女人来往。她的女儿上小学了。女儿很喜欢我，爱跟我玩。母亲有一次在金碧路遇见我们，邀我们上她家喝咖啡。我们去了。这位母亲已经过了三十岁，人很漂亮，身材高高的，腿很长。她看人眼睛眯眯的，有一种恍恍惚惚的成熟的美。她斜靠在长沙发的靠枕上，神态有点慵懒。在她脚边不远的地方，有一个绣墩，绣墩上一个墨绿色软缎圆垫上卧着一只小白猫。这猫真小，连头带尾只有五六寸，雪白的，白得像一团新雪。这猫也是懒懒的，不时睁开蓝眼睛顾盼一下，就又闭上了。屋里有一盆很大的素心兰，开得正好。好看的女人、小白猫、兰花的香味，这一切是一个梦境。

猫的最大的劣迹是交配时大张旗鼓地嚎叫。有的地方叫作

"猫叫春",北京谓之"闹猫"。不知道是由于快感或痛感,郎猫女猫(这是北京人的说法,一般地方都叫公猫、母猫)一递一声,叫起来没完,其声凄厉,实在讨厌。鲁迅"仇猫",良有以也。有一老和尚为其叫声所扰,以至不能入定,乃作诗一首。诗曰:

> 春叫猫儿猫叫春,
> 看他越叫越来神。
> 老僧亦有猫儿意,
> 不敢人前叫一声。

第 2 章

生活，
是很好玩的

人总要呆在一种什么东西里，沉溺其中。苟有所得，才能证实自己的存在，切实地掂出自己的价值。

泡 茶 馆

"泡茶馆"是联大(即西南联大)学生特有的语言。本地原来似无此说法,本地人只说"坐茶馆"。"泡"是北京话。其含义很难准确地解释清楚。勉强解释,只能说是持续长久地沉浸其中,像泡泡菜似的泡在里面。"泡蘑菇""穷泡",都有长久的意思。北京的学生把北京的"泡"字带到了昆明,和现实生活结合起来,便创造出一个新的语汇。"泡茶馆",即长时间地在茶馆里坐着。本地的"坐茶馆"也含有时间较长的意思。到茶馆里去,首先是坐,其次才是喝茶(云南叫吃茶)。不过联大的学生在茶馆里坐的时间往往比本地人长,长得多,故谓之"泡"。

有一个姓陆的同学,是一怪人,曾经骑自行车旅行半个中国。这人真是一个泡茶馆的冠军。他有一个时期,整天在一家熟识的茶馆里泡着。他的盥洗用具就放在这家茶馆里。一起

第二章 ● 生活，是很好玩的

来就到茶馆里去洗脸刷牙，然后坐下来，泡一碗茶，吃两个烧饼，看书。一直到中午，起身出去吃午饭。吃了饭，又是一碗茶，直到吃晚饭。晚饭后，又是一碗，直到街上灯火阑珊，才夹着一本很厚的书回宿舍睡觉。

昆明的茶馆共分几类，我不知道。大别起来，只能分为两类，一类是大茶馆，一类是小茶馆。

正义路原先有一家很大的茶馆，楼上楼下，有几十张桌子。都是荸荠紫漆的八仙桌，很鲜亮。因为在热闹地区，坐客常满，人声嘈杂。所有的柱子上都贴着一张很醒目的字条："莫谈国事"。时常进来一个看相的术士，一手捧一个六寸来高的硬纸片，上书该术士的大名（只能叫作大名，因为往往不带姓，不能叫"姓名"；又不能叫"法名""艺名"，因为他并未出家，也不唱戏），一只手捏着一根纸媒子，在茶桌间绕来绕去，嘴里念说着"送看手相不要钱！""送看手相不要钱！"——他手里这根媒子即是看手相时用来指示手纹的。

这种大茶馆有时唱围鼓。围鼓即由演员或票友清唱。我很喜欢"围鼓"这个词。唱围鼓的演员、票友好像不是取报酬的，只是一群有同好的闲人聚拢来唱着玩。但茶馆可借来招揽顾客，所以茶馆便于闹市张贴告条："某月日围鼓"。到这样的茶馆里来一边听围鼓,一边吃茶,也就叫作"吃围鼓茶"。"围鼓"这个词大概是从四川来的,但昆明的围鼓似多唱滇剧。我在昆明七年,对滇剧始终没有入门。只记得不知什么戏里有一句唱词"孤王头上长青苔"。孤王的头上如何会长青苔呢?这个设想实在是奇,因此一听就永不能忘。

我要说的不是那种"大茶馆"。这类大茶馆我很少涉足,而且有些大茶馆,包括正义路那家兴隆鼎盛的大茶馆,后来大都陆续停闭了。我所说的是联大附近的茶馆。

从西南联大新校舍出来,有两条街,凤翥街和文林街,都不长。这两条街上至少有不下十家茶馆。

从联大新校舍,往东,折向南,进一座砖砌的小牌楼式的街门,便是凤翥街。街角右手第一家便是一家茶馆。这是一家小茶馆,只有三张茶桌,而且大小不等,形状不一的茶具也是比较粗糙的,随意画了几笔蓝花的盖碗。除了卖茶,檐下挂着大串大串的草鞋和地瓜(即湖南人所谓的凉薯),这也是卖的。张罗茶座的是一个女人。这女人长得很强壮,皮色也颇白净。她生了好些孩子。身边常有两个孩子围着她转,手里还抱着一个孩子。她经常敞着怀,一边奶着那个早该断奶的孩子,一边为客人冲茶。她的丈夫,比她大得多,状如猿猴,而目光锐利如鹰。他什么事

第二章 ● 生活，是很好玩的

情也不管，但是每天下午捧了一个大碗喝牛奶。这个男人是一头种畜。这情况使我们颇为不解。这个白皙强壮的妇人，只凭一天卖几碗茶，卖一点草鞋、地瓜，怎么能喂饱了这么多张嘴，还能供应一个懒惰的丈夫每天喝牛奶呢？怪事！中国的妇女似乎有一种天授的惊人的耐力，多大的负担也压不垮。

由这家往前走几步，斜对面，曾经开过一家专门招徕大学生的新式茶馆。这家茶馆的桌椅都是新打的，涂了黑漆。堂倌系着白围裙。卖茶用细白瓷壶，不用盖碗（昆明茶馆卖茶一般都用盖碗）。除了清茶，还卖坨茶、香片、龙井。本地茶客从门外过，伸头看看这茶馆的局面，再看看里面坐得满满的大学生，就会挪步另走一家了。这家茶馆没有什么值得一记的事，而且开了不久就关了。联大学生至今还记得这家茶馆是因为隔壁有一家卖花生米的。这家似乎没有男人，站柜卖货是姑嫂两人，都还年轻，成天涂脂抹粉。尤其是那个小姑子，见人走过，辄作媚笑。联大学生叫她花生西施。这西施卖花生米是看人行事的。好看的来买，就给得多。难看的给得少。因此我们每次买花生米都推选一个挺拔英俊的"小生"去。

再往前几步，路东，是一个绍兴人开的茶馆。这位绍兴老板不知怎么会跑到昆明来，又不知为什么在这条小小的凤翥街上来开一间茶馆。他至今乡音未改。大概他有一种独在异乡为异客的情绪，所以对待从外地来的联大学生异常亲热。他这茶馆里除了卖清茶，还卖一点芙蓉糕、萨其马、月饼、桃酥，都装在一个玻璃匣子里。我们有时觉得肚子里有点缺空而又不到吃饭的时候，便到他这里一边喝茶一边吃两块点心。有一个善于吹口琴的姓王的同学经常在绍兴人茶馆喝茶。他喝茶，可以欠账。不但喝茶可以欠账，我们有时想看电影而没有钱，就由这位口琴专家出面向绍兴老板借一点。绍兴老板每次都是欣然地打开钱柜，拿出我们需要的数目。我们于是欢欣鼓舞，兴高采烈，迈开大步，直奔南屏电影院。

再往前，走过十来家店铺，便是凤翥街口，路东路西各有一家茶馆。

路东一家较小，很干净，茶桌不多。掌柜的是个瘦瘦的男人，有几个孩子。掌柜的事情多，为客人冲茶续水，大都由一个十三四岁的大儿子担任，我们称他这个儿子为"主任儿子"。街西那家又脏又乱，地面坑洼不平，一地的烟头、火柴棍、瓜子皮。茶桌也是七大八小，摇摇晃晃，但是生意特别好。从早到晚，人坐得满满的。也许是因为风水好。这家茶馆正在凤翥街和龙翔街交接处，门面一边对着凤翥街，一边对着龙翔街，

第二章　生活，是很好玩的

坐在茶馆，两条街上的热闹都看得见。到这家吃茶的全部是本地人，本街的闲人、赶马的"马锅头"、卖柴的、卖菜的。他们都抽叶子烟。要了茶以后，便从怀里掏出一个烟盒——圆形，皮制的，外面涂着一层黑漆，打开来，揭开覆盖着的菜叶，拿出剪好的金堂叶子，一支一支地卷起来。茶馆的墙壁上张贴、涂抹得乱七八糟。但我却于西墙上发现了一首诗，一首真正的诗：

记得旧时好，

跟随爹爹去吃茶。

门前磨螺壳，

巷口弄泥沙。

是用墨笔题写在墙上的。这使我大为惊异了。这是什么人写的呢？

每天下午，有一个盲人到这家茶馆来说唱。他打着扬琴，说唱着。照现在的说法，这应是一种曲艺，但这种曲艺该叫什么名称，我一直没有打听着。我问过"主任儿子"，他说是"唱扬琴的"，我想不是。他唱的是什么？我有一次特意站下来听了一会儿，是：

……………
良田美地卖了，

高楼大厦拆了，

娇妻美妾跑了，

狐皮袍子当了……

我想了想，哦，这是一首劝戒鸦片的歌，他这唱的是鸦片烟之为害。这是什么时候传下来的呢？说不定是林则徐时代某一忧国之士的作品。但是这个盲人只管唱他的，茶客们似乎都没有在听，他们仍然在说话，各人想自己的心事。到了天黑，这个盲人背着扬琴，点着马杆，踽踽地走回家去。我常常想：他今天能吃饱么？

进大西门，是文林街，挨着城门口就是一家茶馆。这是一家最无趣味的茶馆。茶馆墙上的镜框里装的是美国电影明星的照片，蓓蒂·黛维丝、奥丽薇·德·哈弗兰、克拉克·盖博、泰伦宝华……除了卖茶，还卖咖啡、可可。这家的特点是：进进出出的除了穿西服和鹿皮夹克的比较有钱的男同学外，还有把头发卷成一根一根香肠似的女同学。有时到了星期六，还开舞会。茶馆的门关了，从里面传出《蓝色的多瑙河》和《风流寡

第二章 ● 生活，是很好玩的

妇》舞曲，里面正在"嘣嚓嚓"。

和这家斜对着的一家，跟这家截然不同。这家茶馆除卖茶，还卖煎血肠。这种血肠是牦牛肠子灌的，煎起来一街都闻见一种极其强烈的气味，说不清是异香还是奇臭。这种西藏食品，那些把头发卷成香肠一样的女同学是绝对不敢问津的。

由这两家茶馆往东，不远几步，面南便可折向钱局街。街上有一家老式的茶馆，楼上楼下，茶座不少。说这家茶馆是"老式"的，是因为茶馆备有烟筒，可以租用。一段青竹，旁安一个粗如小指半尺长的竹管，一头装一个带爪的莲蓬嘴，这便是"烟筒"。在莲蓬嘴里装了烟丝，点以纸媒，把整个嘴埋在筒口内，尽力猛吸，筒内的水咚咚作响，浓烟便直灌肺腑，顿时觉得浑身通泰。吸烟筒要有点功夫，不会吸的吸不出烟来。茶馆的烟筒比家用的粗得多，高齐桌面，吸完就靠在桌腿边，吸时尤需底气充足。这家茶馆门前，有一个小摊，卖酸角（不知什么树上结的，形状有点像皂荚，极酸，入口使人攒眉）、拐枣（也是树上结的，应该算是果子，状如鸡爪，一疙瘩一疙瘩的，有的地方即叫作鸡脚爪，味道很怪，像红糖，又有点像甘草）和泡梨（糖梨泡在盐水里，梨味本是酸甜的，昆明人却偏于盐水内泡而食之。泡梨仍有梨香，而梨肉极脆嫩）。过了春节则有人于门前卖葛根。葛根是药,我过去只在中药铺见过,切成四方的棋子块儿,是已经经过加工的了,原物是什么样子,我是在昆明才见到的。这种东西可以当零食来吃,我也是在昆明才知道。一截葛根,粗如手臂,横放在一块板上,外包一块湿布。给很少的钱,卖葛根的便操起有点像北京切湖羊肉的肉片用的那种薄刃长刀,切下薄薄的几片给你。雪白的。嚼起来有点像干瓤的生白薯片,而有极重的药味。据说葛根能清火。联大的同学大概很少人吃过葛根。我是什么奇奇怪怪的东西都要买一点尝一尝的。

大学二年级那一年,我和两个外文系的同学经常一早就坐在这家茶馆靠窗的一张桌边,各自看自己的书,有时整整坐一上午,彼此不交语。我这时才开始写作,我的最初几篇小说,即是在这家茶馆里写的。茶馆离翠湖很近,从翠湖吹来的风里,时时带有水浮莲的气味。

回到文林街。文林街中,正对府甬道,后来新开了一家茶馆。这家茶馆的特点一是卖茶用玻璃杯,不用盖碗,也不用壶。不卖清茶,卖绿茶和红茶。红茶色如玫瑰,绿茶苦如猪胆。第二是茶桌较少,且覆有玻璃桌面。在这样桌子上打桥牌实在是再适合不过了,因此到这家茶馆来喝茶的,大都是来

第二章　生活，是很好玩的

打桥牌的，这茶馆实在是一个桥牌俱乐部。联大打桥牌之风很盛。有一个姓马的同学每天到这里打桥牌。解放后，我才知道他是老地下党员，昆明学生运动的领导人之一。学生运动搞得那样热火朝天，他每天都只是很闲在，很热衷地在打桥牌，谁也看不出他和学生运动有什么关系。

文林街的东头，有一家茶馆，是一个广东人开的，字号就叫"广发茶社"——昆明的茶馆我记得字号的只有这一家，原因之一，是我后来住在民强巷，离广发很近，经常到这家去。原因之二是——经常聚在这家茶馆里的，有几个助教、研究生和高年级的学生。这些人多多少少有一点玩世不恭。那时联大同学常组织什么学会，我们对这些俨乎其然的学会微存嘲讽之意。有一天，广发的茶友之一说："咱们这也是一个学会——广发学会！"这本是一句茶余的笑话。不料广发的茶友之一，解放后，在一次运动中被整得不可开交，胡乱交代问题，说他曾参加过"广发学会"。这就惹下了麻烦。几次有人专程到北京来外调"广发学会"问题。被调查的人心里想笑，又笑不出来，因为来外调的政工人员态度非常严肃。广发茶馆代卖广东点心。所谓广东点心，其实只是包了不同味道的甜馅的小小的酥饼，面上却一律贴了几片香菜叶子，这大概是这一家饼师的特有的手艺。我在别处吃过广东点心，就没有见过面上贴有香菜叶子的——至少不是每一块都贴。

或问：泡茶馆对联大学生有些什么影响？答曰：第一，可以养其浩然之气。联大的学生自然也是贤愚不等，但多数是比较正派的。那是一个污浊而混乱的时代，学生生活又穷困得近乎潦倒，但是很多人却能自许清高，鄙视庸俗，并能保持绿意葱茏的幽默感，用来对付恶浊和穷困，并不颓丧灰心，这跟泡茶馆是有些关系的。第二，茶馆出人才。联大学生上茶馆，并不是穷泡，除了瞎聊，大部分时间都是用来读书的。联大图书馆座位不多，宿舍里没有桌凳，看书多半在茶馆里。联大同学上茶馆很少不夹着一本乃至几本书的。不少人的论文、读书报告，都是在茶馆写的。有一年一位姓石的讲师的《哲学概论》期终考试，我就是把考卷拿到茶馆里去答好了再交上去的。联大八年，出了很多人才。研究联大校史，搞"人才学"，不能不了解了解联大附近的茶馆。第三，泡茶馆可以接触社会。我对各种各样的人、各种各样的生活都发生兴趣，都想了解了解，跟泡茶馆有一定关系。如果我现在还算一个写小说的人，那么我这个小说家是在昆明的茶馆里泡出来的。

○ 自 得 其 乐

孙犁同志说写作是他最好的休息。是这样。一个人在写作的时候是最充实的时候，也是最快乐的时候。凝眸既久（我在构思一篇作品时，我的孩子都说我在翻白眼），欣然命笔，人在一种甜美的兴奋和平时没有的敏锐之中，这样的时候，真是虽南面王不与易也。写成之后，觉得不错，提刀却立，四顾踌躇，对自己说："你小子还真有两下子！"此乐非局外人所能想象。但是一个人不能从早写到晚，那样就成了一架写作机器，总得岔乎岔乎，找点事情消遣消遣，通常说，得有点业余爱好。

我年轻时爱唱戏。起初唱青衣、梅派，后来改唱余派老生。大学三四年级唱了一阵昆曲，吹了一阵笛子。后来到剧团工作，就不再唱戏吹笛子了，因为剧团有许多专业名角，在他们面前吹唱，真成了班门弄斧，还是以藏拙为好。笛子本来还可以吹吹，我的笛风甚好，是"满口笛"，但是后来没法再吹，因为我的牙齿陆续掉光了，撒风漏气。

这些年来我的业余爱好，只有：写写字，画画画，做做菜。

我的字照说是有些基本功的。当然从描红模子开始。我记得我描的红模子是："暮春三月，江南草长，杂花生树，群莺乱飞。"这十六个字其实是很难写的，也许是写红模子的先生故意用这些结体复杂的字来折磨小孩子，而且红模子底子是欧字，这就更难落笔了。不过这也有好处，可以让孩子略窥笔意，知道字是不可以乱写的。大概在我十一二岁的时候，那年暑假，我的祖父忽然高了兴，要亲自教我《论语》，并日课大字一张，小字二十行。大字写《圭峰碑》，小字写《闲邪公家传》，这两本帖都是祖父从他的藏帖中选出来的。祖父认为我的字有点才分，奖了我一块猪肝紫端砚，是圆的，并且拿了几本初拓的字帖给我让我常看看。我记得有小字《麻姑仙坛》、虞世南的《夫子庙堂碑》、褚遂良的《圣教序》。小学毕业的暑假，我在三姑父家从一个姓韦的先生读桐城派古文，并跟他学写字。韦先生是写魏碑的，但他让我临的却是《多宝塔》。初一暑假，我父亲拿了一本影印的《张猛龙碑》，说："你最好写写魏碑，这

第二章　● 生活，是很好玩的

样字才有骨力。"我于是写了相当长时期《张猛龙碑》。用的是我父亲选购来的特殊的纸。这种纸是用稻草做的，纸质较粗，也厚，写魏碑很合适，用笔须沉着，不能浮滑。这种纸一张有二尺高，尺半宽，我每天写满一张。写《张猛龙碑》使我终身受益，到现在我的字的间架用笔还能看出痕迹。这以后，我没有认真临过帖，平常只是读帖而已。我于二王书未窥门径。写过一个很短时期的《乐毅论》，放下了，因为我很懒。《行穰》《丧乱》等帖我很欣赏，但我知道我写不来那样的字。我觉得王大令的字的确比王右军写得好。读颜真卿的《祭侄文》，觉得这才是真正的颜字，并且对颜书从二王来之说很信服。大学时，喜读宋四家。有人说中国书法一坏于颜真卿，二坏于宋四家，这话有道理。但我觉得宋人字是书法的一次解放，宋人字的特点是少拘束，有个性，我比较喜欢蔡京和米芾的字（苏东坡字太俗，黄山谷字做作）。有人说米字不可多看，多看则终身摆脱不开，想要升入晋唐，就不可能了。一点不错。但是有什么办法呢！打一个不太好听的比方，一写米字，犹如寡妇失了身，无法挽回了。我现在写的字有点《张猛龙碑》的底子、米字的意思，还加上一点乱七八糟的影响，形成我自己的那么一种体，格韵不高。

　　我也爱看汉碑。临过一遍《张迁碑》,《石门铭》《西狭颂》

113

看看而已。我不喜欢《曹全碑》。盖汉碑好处全在筋骨开张,意态从容,《曹全碑》则过于整饬了。

我平日写字,多是小条幅,四尺宣纸一裁为四。这样把书桌上书籍信函往边上推推,摊开纸就能写了。正儿八经地拉开案子,铺了画毡,着意写字,好像练了一趟气功,是很累人的。我都是写行书。写真书,太吃力了。偶尔也写对联。曾在大理写了一副对子:

苍山负雪,
洱海流云。

字大径尺。字少,只能体兼隶篆。那天喝了一点酒,字写得飞扬霸悍,亦是快事。对联字稍多,则可写行书。为武夷山一招待所写过一副对子:

四围山色临窗秀,
一夜溪声入梦清。

字颇清秀,似明朝人书。

第二章 ● 生活，是很好玩的

我画画，没有真正的师承。我父亲是个画家，画写意花卉，我小时爱看他画画，看他怎样布局（用指甲或笔杆的一头划几道印子），画花头，定枝梗，布叶，钩筋，收拾，题款，盖印。这样，我对用墨，用水，用色，略有领会。我从小学到初中，都"以画名"。初二的时候，画了一幅墨荷，裱出后挂在成绩展览室里。这大概是我的画第一次上裱。我读的高中重数理化，功课很紧，就不再画画。大学四年，也极少画画。工作之后，更是久废画笔了。当了右派，下放到一个农业科学研究所，结束劳动后，倒画了不少画，主要的"作品"是两套植物图谱，一套《中国马铃薯图谱》，一套《口蘑图谱》；一是淡水彩，一是钢笔画。摘了帽子回京，到剧团写剧本，没有人知道我能画两笔。重拈画笔，是运动促成的。运动中没完没了地写交代，实在是烦人，于是买了一刀元书纸，于写交代之空隙，瞎抹一气，少抒郁闷，这样就一发而不可收，重新拾起旧营生。有的朋友看见，要了去，挂在屋里，被人发现了，于是求画的人渐多。我的画其实没有什么看头，只是因为是作家的画，比较别致而已。

我也是画花卉的。我很喜欢徐青藤、陈白阳，喜欢李复堂，但受他们的影响不大。我的画不中不西，不今不古，真正是"写意",带有很大的随意性。曾画了一幅紫藤,满纸淋漓,水气很足,几乎不辨花形。这幅画现在挂在我的家里。我的一个同乡来,问:"这画画的是什么?"我说是:"骤雨初晴。"他端详了一会儿,说:"哎,经你一说,是有点那个意思!"他还能看出彩墨之间的一些小块空白,是阳光。我常把后期印象派方法融入国画。我觉得中国画本来都是印象派,只是我这样做,更是有意识的而已。

画中国画还有一种乐趣,是可以在画上题诗,可寄一时意兴,抒感慨,也可以发一点牢骚,曾用干笔焦墨在浙江皮纸上画冬日菊花,题诗代简,寄给一个老朋友,诗是:

> 新沏清茶饭后烟,
> 自搔短发负晴暄,
> 枝头残菊开还好,
> 留得秋光过小年。

为宗璞画牡丹,只占纸的一角,题曰:

> 人间存一角,

第二章 生活，是很好玩的

聊放侧枝花。

欣然亦自得，

不共赤城霞。

宗璞把这首诗念给冯友兰先生听了，冯先生说："诗中有人。"

今年洛阳春寒，牡丹至期不开。张抗抗在洛阳等了几天，败兴而归，写了一篇散文《牡丹的拒绝》。我给她画了一幅画，红叶绿花，并题一诗：

看朱成碧且由他，

大道从来直似斜。

见说洛阳春索寞，

牡丹拒绝著繁花。

我的画，遣兴而已，只能自己玩玩，送人是不够格的。最近请人刻一闲章："只可自怡悦"，用以压角，是实在话。

体力充沛，材料凑手，做几个菜，是很有意思的。做菜，必须自己去买菜。提一菜筐，逛逛菜市，比空着手遛弯儿要

"好白相"。到一个新地方，我不爱逛百货商场，却爱逛菜市，菜市更有生活气息一些。买菜的过程，也是构思的过程。想炒一盘雪里蕻冬笋，菜市场冬笋卖完了，却有新到的荷兰豌豆，只好临时"改戏"。做菜，也是一种轻量的运动。洗菜，切菜，炒菜，都得站着（没有人坐着炒菜的），这样对成天伏案的人，可以改换一下身体的姿势，是有好处的。

做菜待客，须看对象。聂华苓和保罗·安格尔夫妇到北京来，中国作协不知是哪一位，忽发奇想，在宴请几次后，让我在家里做几个菜招待他们，说是这样别致一点。我给做了几道菜，其中有一道煮干丝。这是淮扬菜。华苓是湖北人，年轻时是吃过的。但在美国不易吃到。她吃得非常惬意，连最后剩的一点汤都端起碗来喝掉了。不是这道菜如何稀罕，我只是有意逗引她的故国乡情耳。台湾女作家陈怡真（我在美国认识她），到北京来，指名要我给她做一回饭。我给她做了几个菜。一个是干烧小萝卜。我知道台湾没有"杨花萝卜"（只有白萝卜）。那几天正是北京小萝卜长得最足最嫩的时候。这个菜连我自己吃了都很惊诧：味道鲜甜如此！我还给她炒了一盘云南的干巴菌。台湾咋会有干巴菌呢？她吃了，还剩下一点，用一个塑料袋包起，说带到宾馆去吃。如果我给云南人炒一盘干巴菌，给

第二章 ● 生活，是很好玩的

扬州人煮一碗干丝，那就成鲁迅请曹靖华吃柿霜糖了。

做菜要实践。要多吃，多问，多看（看菜谱），多做。一个菜点得试烧几回，才能掌握咸淡火候。冰糖肘子、乳腐肉，何时把软入味，只有神而明之，但是更重要的是要富于想象。想得到，才能做得出。我曾用家乡拌荠菜法凉拌菠菜。半大菠菜（太老太嫩都不行），入开水锅焯至断生，捞出，去根切碎，入少盐，挤去汁，与香干（北京无香干，以熏干代）细丁、虾米、蒜末、姜末一起，在盘中抟成宝塔状，上桌后淋以麻酱油醋，推倒拌匀。有余姚作家尝后，说是"很像马兰头"。这道菜成了我家待不速之客的应急的保留节目。有一道菜，敢称是我的发明：塞肉回锅油条。油条切段，寸半许长，肉馅剁至成泥，入细葱花、少量榨菜或酱瓜末拌匀，塞入油条段中，入半开油锅重炸。嚼之酥脆，真可声动十里人。

我很欣赏杨恽《报孙会宗书》："田彼南山，芜秽不治。种一顷豆，落而为萁。人生行乐耳，须富贵何时。""人生行乐耳，须富贵何时"，说得何等潇洒。不知道为什么，汉宣帝竟因此把他腰斩了，我一直想不透。这样的话，也不许说么？

◆ 书画自娱

《中国作家》将在封二发作家的画,拿去我的一幅,还要写几句有关"作家画"的话,写了几句诗:

> 我有一好处,平生不整人。
> 写作颇勤快,人间送小温。
> 或时有佳兴,伸纸画芳春。
> 草花随目见,鱼鸟略似真。
> 唯求俗可耐,宁计故为新。
> 只可自怡悦,不堪持赠君。
> 君若亦欢喜,携归尽一樽。

诗很浅显,不须注释,但可申说两句。给人间送一点小小的温暖,这大概可以说是我的写作的态度。我的画画,更是遣

第二章 ● 生活，是很好玩的

兴而已。我很欣赏宋人诗："四时佳兴与人同。"人活着，就得有点兴致。我不会下棋，不爱打扑克、打麻将，偶尔喝了两杯酒，一时兴起，便裁出一张宣纸，随意画两笔。所画多是"芳春"——对生活的喜悦。我是画花鸟的。所画的花都是平常的花。北京人把这样的花叫"草花"。我是不种花的，只能画我在街头、陌上、公园里看得很熟的花。我没有画过素描，也没有临摹过多少徐青藤、陈白阳，只是"以意为之"。我很欣赏齐白石的话："太似则媚俗，不似则欺世。"我画鸟，我的女儿称之为"长嘴大眼鸟"。我画得不大像，不是有意求其"不似"，实因功夫不到，不能似耳。但我还是希望能"似"的。当代"文人画"多有烟云满纸，力求怪诞者，我不禁要想起齐白石的话，这是不是"欺世"？"说了归齐"（这是北京话），我的画画，自娱而已。"只可自怡悦，不堪持赠君"，是照搬了陶弘景的原句。我近曾到永嘉去了一次，游了陶公洞，觉得陶弘景是个很有意思的人。他是道教的重要人物，其思想的基础是老庄，接受了神仙道教影响，又吸取佛教思想；他又是个药物学家，且擅长书法；他留下的诗不多，最著名的是《诏问山中何所有赋诗以答》：

山中何所有?

岭上多白云。

只可自怡悦,

不堪持赠君。

一个人一辈子留下这四句诗,也就可以不朽了。我的画,也只是白云一片而已。

◇ 跑 警 报

西南联大有一位历史系的教授，——听说是雷海宗先生，他开的一门课因为讲授多年，已经背得很熟，上课前无须准备；下课了，讲到哪里算哪里，他自己也不记得。每回上课，都要先问学生："我上次讲到哪里了？"然后就滔滔不绝地接着讲下去。班上有个女同学，笔记记得最详细，一句话不落，雷先生有一次问她："我上一课最后说的是什么？"这位女同学打开笔记来，看了看，说："你上次最后说：'现在已经有空袭警报，我们下课。'"

这个故事说明昆明警报之多。我刚到昆明的头二年，一九三九、一九四〇年，三天两头有警报。有时每天都有，甚至一天有两次。昆明那时几乎说不上有空防力量，日本飞机想什么时候来就来。有时竟至在头一天广播：明天将有二十七架飞机来昆明轰炸。日本的空军指挥部还真言而有信，说来准来!

一有警报,别无他法,大家就都往郊外跑,叫作"跑警报"。"跑"和"警报"连在一起,构成一个语词,细想一下,是有些奇特的,因为所跑的并不是警报。这不像"跑马""跑生意"那样通顺。但是大家就这么叫了,谁都懂,而且觉得很合适。也有叫"逃警报"或"躲警报"的,都不如"跑警报"准确。"躲",太消极;"逃"又太狼狈。唯有这个"跑"字于紧张中透出从容,最有风度,也最能表达丰富生动的内容。

有一个姓马的同学最善于跑警报。他早起看天,只要是万里无云,不管有无警报,他就背了一壶水,带点吃的,夹着一卷温飞卿或李商隐的诗,向郊外走去。直到太阳偏西,估计日本飞机不会来了,才慢慢地回来。这样的人不多。

警报有三种。如果在四十多年前向人介绍警报有几种,会被认为有"神经病",这是谁都知道的。然而对今天的青年,却是一项新的课题。一曰"预行警报"。

联大有一个姓侯的同学,原系航校学生,因为反应迟钝,被淘汰下来,读了联大的哲学心理系。此人对于航空旧情不忘,曾用黄色的"标语纸"贴出巨幅"广告",举行学术报告,题曰《防空常识》。他不知道为什么对"警报"特别敏感。他正

| 第二章 | 生活，是很好玩的

在听课，忽然跑了出去，站在"新校舍"的南北通道上，扯起嗓子大声喊叫："现在有预行警报，五华山挂了三个红球！"可不！抬头望南一看，五华山果然挂起了三个很大的红球。五华山是昆明的制高点，红球挂出，全市皆见。我们一直很奇怪：他在教室里，正在听讲，怎么会"感觉"到五华山挂了红球呢？——教室的门窗并不都正对五华山。

一有预行警报，市里的人就开始向郊外移动。住在翠湖迤北的，多半出北门或大西门，出大西门的似尤多。大西门外，越过联大新校门前的公路，有一条由南向北的用浑圆的石块铺成的宽可五六尺的小路。这条路据说是驿道，一直可以通到滇西。路在山沟里，平常走的人不多。常见的是驮着盐巴、碗糖或其他货物的马帮走过。赶马的马锅头侧身坐在木鞍上，从齿缝里咝咝地吹出口哨（马锅头吹口哨都是这种吹法，没有撮唇而吹的），或低声唱着呈贡"调子"：

哥那个在至高山那个放呀放放牛，
妹那个在至花园那个梳那个梳梳头。
哥那个在至高山那个招呀招招手，
妹那个在至花园点那个点点头。

这些走长道的马锅头有他们的特殊装束。他们的短褂外都套了一件白色的羊皮背心，脑后挂着漆布的凉帽，脚下是一双厚牛皮底的草鞋状的凉鞋，鞋帮上大都绣了花，还钉着亮晶晶的"鬼眨眼"亮片。——这种鞋似只有马锅头穿，我没见从事别种行业的人穿过。马锅头押着马帮，从这条斜阳古道上走过，马项铃哗棱哗棱地响，很有点浪漫主义的味道，有时会引起远客的游子一点淡淡的乡愁……

有了预行警报，这条古驿道就热闹起来了。从不同方向来的人都拥向这里，形成了一条人河。走出一截，离市较远了，就分散到古道两旁的山野，各自寻找一个合适的地方待下来，心平气和地等着，——等空袭警报。

联大的学生见到预行警报，一般是不跑的，都要等听到空袭警报：汽笛声一短一长，才动身。新校舍北边围墙上有一个后门，出了门，过铁道（这条铁道不知起讫地点，从来也没见有火车通过），就是山野了。要走，完全来得及。——所以雷先生才会说："现在已经有空袭警报。"只有预行警报，联大师生一般都是照常上课的。

跑警报大都没有准地点，漫山遍野。但人也有习惯性，跑惯了哪里，愿意上哪里。大多是找一个坟头，这样可以靠靠。

第二章　生活，是很好玩的

昆明的坟多有碑，碑上除了刻下坟主的名讳，还刻出"×山×向"，并开出坟茔的"四至"。这风俗我在别处还未见过。这大概也是一种古风。

　　说是漫山遍野，但也有几个比较集中的"点"。古驿道的一侧，靠近语言研究所资料馆不远，有一片马尾松林，就是一个点。这地方除了离学校近，有一片碧绿的马尾松，树下一层厚厚的干了的松毛，很软和，空气好，——马尾松挥发出很重的松脂气味，晒着从松枝间漏下的阳光，或仰面看松树上面蓝得要滴下来的天空，都极舒适外，是因为这里还可以买到各种零吃。昆明做小买卖的，有了警报，就把担子挑到郊外来了。五味俱全，什么都有。最常见的是"丁丁糖"。"丁丁糖"即麦芽糖，也就是北京人祭灶用的关东糖，不过做成一个直径一尺多，厚可一寸许的大糖饼，放在四方的木盘上，有人掏钱要买，糖贩即用一个刨刀形的铁片楔入糖边，然后用一个小小的铁锤，一击铁片，丁的一声，一块糖就震裂下来了，——所以叫作"丁丁糖"。其次是炒松子。昆明松子极多，个大皮薄仁饱，很香，也很便宜。我们有时能在松树下面捡到一个很大的成熟了的生的松球，就掰开鳞瓣，一颗一颗地吃起来。——那时候，我们的牙都很好，那么硬的松子壳，一嗑就开了！

另一集中点比较远，得沿古驿道走出四五里，驿道右侧较高的土山上有一横断的山沟（大概是哪一年地震造成的），沟深约三丈，沟口有二丈多宽，沟底也宽有六七尺。这是一个很好的天然防空沟，日本飞机若是投弹，只要不是直接命中，落在沟里，即便是在沟顶上爆炸，弹片也不易蹦进来。机枪扫射也不要紧，沟的两壁是死角。

这道沟可以容数百人。有人常到这里，就利用闲空，在沟壁上修了一些私人专用的防空洞，大小不等，形式不一。这些防空洞不仅表面光洁，有的还用碎石子或碎瓷片嵌出图案，缀成对联。对联大都有新意。我至今记得两副，一副是：

人生几何，
恋爱三角。

一副是：

见机而作，
入土为安。

第二章 生活，是很好玩的

对联的嵌缀者的闲情逸致是很可叫人佩服的。前一副也许是有感而发，后一副却是纪实。

警报有三种。预行警报大概是表示日本飞机已经起飞。拉空袭警报大概是表示日本飞机进入云南省境了，但是进云南省不一定到昆明来。等到汽笛拉了紧急警报：连续短音，这才可以肯定是朝昆明来的。空袭警报到紧急警报之间，有时要间隔很长时间，所以到了这里的人都不忙下沟，——沟里没有太阳，而且过早地像云冈石佛似的坐在洞里也很无聊，——大都先在沟上看书、闲聊、打桥牌。很多人听到紧急警报还不动，因为紧急警报后日本飞机也不定准来，常常是折飞到别处去了。要一直等到看见飞机的影子了，这才一骨碌站起来，下沟，进洞。联大的学生，以及住在昆明的人，对跑警报太有经验了，从来不仓皇失措。

上举的前一副对联或许是一种泛泛的感慨，但也是有现实意义的。跑警报是谈恋爱的机会。联大同学跑警报时，成双作对的很多。空袭警报一响，男的就在新校舍的路边等着，有时还提着一袋点心吃食，宝珠梨、花生米……他等的女同学来了，"嗨！"于是欣然并肩走出新校舍的后门。跑警报说不上是同生死，共患难，但隐隐约约有那么一点危险感，和看电影、遛翠湖时不同。这一点危险使两方的关系更加亲近了。女同学乐于有人伺候，男同学也正好殷勤照顾，表现一点骑士风度。正如孙悟空在高老庄所说："一来医得眼好，二来又照顾了郎中，这是凑四合六的买卖。"从这点来说，跑警报是颇为罗曼蒂克的。有恋爱就有三角，有失恋。跑警报的"对儿"并非总是固定的，有时一方被另一方"甩"了，两人"吹"了，"对儿"就要重新组合。写（姑且叫作"写"吧）那副对联的，大概就是一位被"甩"的男同学。不过，也不一定。

警报时间有时很长，长达两三个小时，也很"腻歪"。紧急警报后，日本飞机轰炸已毕，人们就轻松下来。不一会儿，"解除警报"响了：汽笛拉长音，大家就起身拍拍尘土，络绎不绝地返回市里。也有时不等解除警报，很多人就往回走：天上起了乌云，要下雨了。一下雨，日本飞机不会来。在野地里被雨淋湿，可不是事！一有雨，我们有一个同学一定是一马当先往回奔，就是前面所说那位报告预行警报的姓侯的。他奔回新校舍，到各个宿舍搜罗了很多雨伞，放在新校舍的后门外，见有女同学来，就递过一把。他怕这些女同学挨淋。这位侯同学长得五大三粗，却有一副贾宝玉的心肠。大概是上了吴雨僧先生的《红楼梦》的课，受了影响。侯兄送伞，已成定例。警报

第二章 ● 生活，是很好玩的

下雨，一次不落。名闻全校，贵在有恒。——这些伞，等雨住后他还会到南院女生宿舍去敛回来，再归还原主的。

跑警报，大都要把一点值钱的东西带在身边。最方便的是金子——金戒指。有一位哲学系的研究生曾经做了这样的逻辑推理：有人带金子，必有人会丢掉金子；有人丢金子，就会有人捡到金子；我是人，故我可以捡到金子。因此，跑警报时，特别是解除警报以后，他每次都很留心地巡视路面。他当真两次捡到过金戒指！逻辑推理有此妙用，大概是教逻辑学的金岳霖先生所未料到的。

联大师生跑警报时没有什么可带，因为身无长物，一般大都是带两本书或一册论文的草稿。有一位研究印度哲学的金先生每次跑警报总要提了一只很小的手提箱。箱子里不是什么别的东西，是一个女朋友写给他的信——情书。他把这些情书视如性命，有时也会拿出一两封来给别人看。没有什么不能看的，因为没有卿卿我我的肉麻的话，只是一个聪明女人对生活的感受，文字很俏皮，充满了英国式的机智，是一些很漂亮的essay，字也很秀气。这些信实在是可以拿来出版的。金先生辛辛苦苦地保存了多年，现在大概也不知去向了，可惜。我看过这个女人的照片，人长得就像她写的那些信。

联大同学也有不跑警报的，据我所知，就有两人。一个是女同学，姓罗，一有警报，她就洗头。别人都走了，锅炉房的热水没人用，她可以敞开来洗，要多少水有多少水！另一个是一位广东同学，姓郑。他爱吃莲子。一有警报，他就用一个大漱口缸到锅炉火口上去煮莲子。警报解除了，他的莲子也烂了。有一次日本飞机炸了联大，昆中北院、南院，都落了炸弹，这位老兄听着炸弹乒乒乓乓在不远的地方爆炸，依然在新校舍大图书馆旁的锅炉上神色不动地搅和他的冰糖莲子。

抗战期间，昆明有过多少次警报，日本飞机来过多少次，无法统计。自然也死了一些人，毁了一些房屋。就我的记忆，大东门外，有一次日本飞机机枪扫射，田地里死的人较多。大西门外小树林里曾炸死了好几匹驮木柴的马。此外似无较大伤亡。警报、轰炸，并没有使人产生血肉横飞，一片焦土的印象。

日本人派飞机来轰炸昆明，其实没有什么实际的军事意义，用意不过是吓唬吓唬昆明人，施加威胁，使人产生恐惧。他们不知道中国人的心理是有很大的弹性的，不那么容易被吓得魂不附体。我们这个民族，长期以来，生于忧患，已经很"皮实"了，对于任何猝然而来的灾难，都用一种"儒道互补"

的精神对待之。这种"儒道互补"的真髓,即"不在乎"。这种"不在乎"精神,是永远征不服的。

为了反映"不在乎",作《跑警报》。

○ 湘 行 二 记

桃 花 源 记

汽车开进桃花源,车中一眼看见一棵桃树上还开着花。只有一枝,四五朵,通红的,如同胭脂。十一月天气,还开桃花!这四五朵红花似乎想努力地证明:这里确实是桃花源。

有一位原来也想和我们一同来看看桃花源的同志,听说这个桃花源是假的,就没有多大兴趣,不来了。这位同志真是太天真了。桃花源怎么可能是真的呢?《桃花源记》是一篇寓言。中国有几处桃花源,都是后人根据《桃花源诗并记》附会出来的。先有《桃花源记》,然后有桃花源。不过如果要在中国选举出一个桃花源,这一个应该有优先权。这个桃花源在湖南桃源县,桃源旧属武陵。而且这里有一条小溪,直通沅江。陶渊明的《桃花源记》不是这样说的么:"晋太元中,武陵人捕鱼为

第二章 生活，是很好玩的

业。缘溪行，忘路之远近……"

刚放下旅行包，文化局的同志就来招呼去吃擂茶。耳擂茶之名久矣，此来一半为擂茶，没想到下车后第一个节目便是吃擂茶，当然很高兴。茶叶、老姜、芝麻、米，加盐，放在一个擂钵里，用硬杂木做的擂棒"擂"成细末，用开水冲开，便是擂茶。吃擂茶时还要摆出十几个碟子，里面装的是炒米、炒黄豆、炒绿豆、炒包谷、炒花生、砂炒红薯片、油炸锅巴、泡菜、酸辣藠头……边喝边吃。擂茶别具风味，连喝几碗，浑身舒服。佐茶的茶食也都很好吃，藠头尤其好。我吃过的藠头多矣，江西的、湖北的、四川的……但都不如这里的又酸又甜又辣，桃源瓦藠头滋味之浓，实为天下冠。桃源人都爱喝擂茶。有的农民家，夏天中午不吃饭，就是喝一顿擂茶。问起擂茶的来历，说是：诸葛亮带兵到这里，士兵得了瘟疫，遍请名医，医治无效，有一个老婆婆说："我会治！"她熬了几大锅擂茶，说："喝吧！"士兵喝了擂茶，都好了。这种说法当然也只好姑妄听之。诸葛亮有没有带兵到过桃源，无可稽考。根据印象，这一带在三国时应是吴国的地方，若说是鲁肃或周瑜的兵，还差不多。我总怀疑，这种喝茶法是宋代传下来的。《都城纪胜·茶坊》载："冬天兼卖擂茶"。《梦粱录·茶肆》条载："冬

135

月添卖七宝擂茶"。有一本书载:"杭州人一天吃三十丈木头。"指的是每天消耗的"擂槌"的表层木质。"擂槌"大概就是桃源人所说的擂棒。"一天吃三十丈木头",形容杭州人口之多。

擂槌可以擂别的东西,当然也可以擂茶。"擂"这个字是从宋代沿用下来的。"擂"者,擂而细之之谓也,跟擂鼓的擂不是一个意思。茶里放姜,见于《水浒传》,王婆家就有这种茶卖,《水浒传》第二十四回写道:"便浓浓的点两盏姜茶,将来放在桌子上。"从字面看,这种茶里有茶叶,有姜,至于还放不放别的什么,只好阙闻了。反正,王婆所卖之茶与桃源擂茶有某种渊源,是可以肯定的。湖南省不少地方喝"芝麻豆子茶",即在茶里放入炒熟且碾碎的芝麻、黄豆、花生,也有放姜的,好像不加盐,茶叶则是整的,并不擂细,而且喝干了茶水还把叶子捞出来放进嘴里嚼嚼吃了,这可以说是擂茶的嫡堂兄弟。湖南人爱吃姜。十多年前在醴陵、浏阳一带旅行,公共汽车一到站,就有人托了一个瓷盘,里面装的是插在牙签上的切得薄薄的姜片,一根牙签上插五六片,卖予过客。本地人掏出角把钱,买得几串,就坐在车里吃起来,像吃水果似的。大概楚地卑湿,故湘人保存了不撤姜食的习惯。生姜、茶叶可以治疗某些外感,是一般的本草书上都讲过的。北方的农村也有把

第二章 ● 生活，是很好玩的

茶叶、芝麻一同放在嘴里生嚼用来发汗的偏方。因此，说擂茶最初起于医治兵士的时症，不为无因。

上午在山上桃花观里看了看。进门是一正殿，往后高处是"古隐君子之堂"。两侧各有一座楼，一名"蹑风"，用陶渊明"愿言蹑轻风"诗意；一名"玩月"，用刘禹锡故实。楼皆三面开窗，后为墙壁，颇小巧，不俗气。观里的建筑都不甚高大，疏疏朗朗，虽为道观，却无甚道士气，既没有一气化三清的坐像，也没有伸着手掌放掌心雷降妖的张天师。楹联颇多，联语多隐括《桃花源记》词句，也与道教无关。这些联匾在"文化大革命"中由一看山的老人摘下藏了起来，没有交给"破四旧"的"红卫兵"，故能完整地重新挂出来，也算万幸了。

下午下山，去钻了"秦人洞"。洞口倒是有点像《桃花源记》所写的那样，"山有小口，仿佛若有光""初极狭，才通人"。洞里有小小流水，深不过人脚面，然而源源不竭，蜿蜒流至山下。走了十几步，豁然开朗了，但并不是"土地平旷，屋舍俨然，有良田美池桑竹之属。阡陌交通，鸡犬相闻"。后面有一点平地，也有一块稻田，田中插一木牌，写着"千丘田"，实际上只有两间房子那样大，是特意开出来种了稻子应景的。有两个水池子，山上有一个擂茶馆，再后就又是山了。如此而已。因此不少人来看了,都觉得失望,说是"不像"。这些同志也真是天真。他们大概还想遇见几个避乱的秦人,请到家里,设酒杀鸡来招待他一番,这才满意。

看了秦人洞,便由向路下山。山下有方竹亭,亭极古拙,四面有门而无窗,墙甚厚,拱顶,无梁柱,云是明时所筑,似可信。亭后旧有方竹,为国民党的兵砍尽。竹子这个东西,每隔三年,须芟砍一次,不则挤死;然亦不能砍尽,砍尽则不复长。现在方竹亭后仍有一丛细竹,导游的说明牌上说:这种竹子看起来是圆的,摸起来是方的。摸了摸,似乎有点棱。但一切竹竿似皆不尽浑圆,这一丛细竹是补种来应景的,和我在成都薛涛井旁所见方竹不同,——那是真正的"角四方"的。方竹亭前原来有很多碑,"文化大革命"中都被"红卫兵"捶碎了,剩下一些石头乌龟昂着头空空地坐在那里。据说有一块明朝的碑,字写得很好,不知还能不能找到拓本。

旧的碑毁掉了,新的碑正在造出来。就在碎碑残骸不远处,有几个石工正在丁丁地斯治。一个小伙子在一块桃源石的巨碑上浇了水,用一块油石在慢慢地磨着。碑石绿如艾叶,很好看。桃源石很硬,磨起来很不容易。问"磨这样一块碑得用多少工?"——"好多工啊?哪晓得呢!反正磨光了算"这回

第二章 ● 生活，是很好玩的

答真有点无怀氏之民的风度。

晚饭后，管理处的同志摆出了纸墨笔砚，请求写几个字，把上午吃擂茶时想出的四句诗写给了他们：

红桃曾照秦时月，
黄菊重开陶令花。
大乱十年成一梦，
与君安坐吃擂茶。

晚宿观旁的小招待所，栏杆外面，竹树萧然，极为幽静。桃花源虽无真正的方竹，但别的竹子都可看。竹子都长得很高，节子也长，竹叶细碎，姗姗可爱，真是所谓修竹。树都不粗壮，而都甚高。大概树都是从谷底长上来的，为了够得着日光，就把自己拉长了。竹叶间有小鸟穿来穿去，绿如竹叶，才一寸多长。

修竹姗姗节子长，
山中高树已经霜。
经霜竹树皆无语，

小鸟啾啾为底忙?

晨起,至桃花观门外闲眺,下起了小雨。

山下鸡鸣相应答,
林间鸟语自高低。
芭蕉叶响知来雨,
已觉清流涨小溪。

做了一日武陵人,临去,看那个小伙子磨的石碑,似乎进展不大。门口的桃花还在开着。

岳阳楼记

岳阳楼值得一看。长江三胜,滕王阁、黄鹤楼都没有了,就剩下这座岳阳楼了。

岳阳楼最初是唐开元中中书令张说所建,但在一般中国人印象里,它是滕子京建的。滕子京之所以出名,是由于范仲淹的《岳阳楼记》。中国过去的读书人很少没有读过《岳阳楼记》的。《岳阳楼记》一开头就写道:"庆历四年春,滕子

第二章　● 生活，是很好玩的

京谪守巴陵郡。越明年，政通人和，百废俱兴……"虽然范记写得很清楚，滕子京不过是"重修岳阳楼，增其旧制"，然而大家不甚注意，总以为这是滕子京建的。岳阳楼和滕子京这个名字分不开了。滕子京一生做过什么事，大家不去理会，只知道他修建了岳阳楼，好像他这辈子就做了这一件事。滕子京因为岳阳楼而不朽，而岳阳楼又因为范仲淹的一记而不朽。若无范仲淹的《岳阳楼记》，不会有那么多人知道岳阳楼，有那么多人对它向往。《岳阳楼记》通篇写得很好，而尤其为人传诵者，是"先天下之忧而忧，后天下之乐而乐"这两句名言。可以这样说：岳阳楼是由于这两句名言而名闻天下的。这大概是滕子京始料所不及，亦为范仲淹始料所不及。这位"胸中自有数万甲兵"的范老子的事迹大家也多不甚了了，他流传后世的，除了几首词，最突出的，便是一篇《岳阳楼记》和《记》里的这两句话。这两句话哺育了很多后代人，对中国知识分子的品德的形成，产生了极其深远的影响。匹夫而为百世师，一言而为天下法，呜呼，立言的价值之重且大矣，可不慎哉！

写这篇《记》的时候，范仲淹不在岳阳，他被贬在邓州，即今河南邓县，而且听说他根本就没有到过岳阳，《记》中对岳阳楼四周景色的描写，完全出诸想象。这真是不可思议的事。他没有到过岳阳，可是比许多久住岳阳的人看到的还要真切。岳阳的景色是想象的，但是"先天下之忧而忧，后天下之乐而乐"的思想却是久经考虑，出于胸臆的、真实的、深刻的。看来一篇文章最重要的是思想。有了独特的思想，才能调动想象，才能把在别处所得到的印象概括集中起来。范仲淹虽可能没有看到过洞庭湖，但是他看到过很多巨浸大泽。他是吴县人，太湖是一定看过的。我很怀疑他对洞庭湖的描写，有些是从太湖印象中借用过来的。

现在的岳阳楼早已不是滕子京重修的了。这座楼烧掉了几次。据《巴陵县志》载：岳阳楼在明崇祯十二年毁于火，推官陶宗孔重建。清顺治十四年又毁于火，康熙二十二年由知府李遇时、知县赵士珩捐资重建。康熙二十七年又毁于火，直到乾隆五年由总督班第集资修复。因此范记所云"刻唐贤、今人诗赋于其上"，已不可见。现在楼上刻在檀木屏上的《岳阳楼记》系张照所书，楼里的大部分楹联是到处写字的"道州何绍基"写的，张、何皆乾隆间人。但是人们还相信这是滕子京修的那座楼，因为范仲淹的《岳阳楼记》实在太深入人心了。也很可能，后来两次修复，都还保存了滕楼的旧样。九百多年前的规

第二章 ● 生活，是很好玩的

模格局，至今犹能得其仿佛，斯可贵矣。

我在别处没有看见过一个像岳阳楼这样的建筑。全楼为四柱、三层、盔顶的纯木结构。主楼三层，高十五米，中间以四根楠木巨柱从地到顶承荷全楼大部分重力，再用十二根宝柱作为内围，外围绕以十二根檐柱，彼此牵制，结为整体。全楼纯用木料构成，逗缝对榫，没用一钉一铆，一块砖石。楼的结构精巧，但是看起来端庄浑厚，落落大方，没有搔首弄姿的小家气，在烟波浩渺的洞庭湖上很压得住，很有气魄。

岳阳楼本身很美，尤其美的是它所占的地势。"滕王高阁临江渚"，看来和长江是有一段距离的。黄鹤楼在蛇山上，晴川历历，芳草萋萋，宜俯瞰，宜远眺，楼在江之上，江之外，江自江，楼自楼。岳阳楼则好像直接从洞庭湖里长出来的。楼在岳阳西门之上，城门口即是洞庭湖。伏在楼外女墙上，好像洞庭湖就在脚底，丢一个石子，就能听见水响，楼与湖是一整体。没有洞庭湖，岳阳楼不成其为岳阳楼；没有岳阳楼，洞庭湖也就不成其为洞庭湖了。站在岳阳楼上，可以清清楚楚看到湖中帆船来往，渔歌互答，可以扬声与舟中人说话；同时又可远看浩浩荡荡，横无际涯，北通巫峡，南极潇湘的湖水，远近咸宜，皆可悦目。"气蒸云梦泽，波撼岳阳城",并非虚语。

我们登岳阳楼那天下雨,游人不多。有三四级风,洞庭湖里的浪不大,没有起白花。本地人说不起白花的是"波",起白花的是"涌"。"波"和"涌"有这样的区别,我还是第一次听到。这可以增加对于"洞庭波涌连天雪"的一点新的理解。

夜读《岳阳楼诗词选》。读多了,有千篇一律之感。最有气魄的还是孟浩然的那一联和杜甫的"吴楚东南坼,乾坤日夜浮"。刘禹锡的"遥望洞庭山水翠,白银盘里一青螺",化大境界为小景,另辟蹊径。许棠因为《洞庭》一诗,当时号称"许洞庭",但"四顾疑无地,中流忽有山",只是工巧而已。滕子京的《临江仙》把"气蒸云梦泽,波撼岳阳城","曲终人不见,江上数峰青"整句地搬了进来,未免过于省事!吕洞宾的绝句"朝游岳鄂暮苍梧,袖里青蛇胆气粗。三醉岳阳人不识,朗吟飞过洞庭湖",很有点仙气,但我怀疑这是伪造的(清人陈玉垣《岳阳楼》诗有句云:"堪惜忠魂无处奠,却教羽客踞华楹。"他主张岳阳楼上当奉屈左徒为宗主,把楼上的吕洞宾的塑像请出去,我准备投他一票)。写得最美的,还是屈大夫的"袅袅兮秋风,洞庭波兮木叶下",两句话把洞庭湖就写完了!

◇ 翠 湖 心 影

有一个姑娘,牙长得好。有人问她:

"姑娘,你多大呀?"

"十七。"

"住在哪里?"

"翠湖西。"

"爱吃什么?"

"辣子鸡。"

过了两天,姑娘摔了一跤,磕掉了门牙。有人问她:

"姑娘多大了?"

"十五。"

"住在哪里?"

"翠湖。"

"爱吃什么?"

"麻婆豆腐。"

这是我在四十四年前听到的一个笑话,当时觉得很无聊(是在一个座谈会上听一个本地才子说的)。现在想起来觉得很亲切,因为它让我想起翠湖。

昆明和翠湖分不开,很多城市都有湖。杭州西湖、济南大明湖、扬州瘦西湖,然而这些湖和城的关系都还不是那样密切。似乎把这些湖挪开,城市也还是城市。翠湖可不能挪开。没有翠湖,昆明就不成其为昆明了。翠湖在城里,而且几乎就挨着市中心。城中有湖,这在中国,在世界上,都是不多的。说某某湖是某某城的眼睛,这是一个俗得不能再俗的比喻了。然而说到翠湖,这个比喻还是躲不开。只能说:翠湖是昆明的眼睛。有什么办法呢,因为它非常贴切。

翠湖是一片湖,同时也是一条路。城中有湖,并不妨碍交通。湖之中,有一条很整齐的贯通南北的大路。从文林街、先生坡、府雨道,到华山南路、正义路,这是一条直达的捷径。——否则就要走翠湖东路或翠湖西路,那就绕远多了。昆明人特意来游翠湖的也有,不多。多数人只是从这里穿过。翠湖中游人少而行人多。但是行人到了翠湖,也就成游人了。从喧嚣扰攘的闹市和刻板枯燥的机关里,匆匆忙忙地走过来,一

第二章 ● 生活，是很好玩的

进了翠湖，即刻就会觉得浑身轻松下来；生活的重压、柴米油盐、委屈烦恼，就会冲淡一些。人们不知不觉地放慢了脚步，甚至可以停下来，在路边的石凳上坐一坐，抽一支烟，四边看看。即使仍在匆忙地赶路，人在湖光树影中，精神也很不一样了。翠湖每天每日，给了昆明人多少浮世的安慰和精神的疗养啊。因此，昆明人——包括外来的游子，对翠湖充满感激。

翠湖这个名字起得好！湖不大，也不小，正合适。小了，不够一游；太大了，游起来怪累。湖的周围和湖中都有堤。堤边密密地栽着树，树都很高大。主要的是垂柳。"秋尽江南草未凋"，昆明的树好像到了冬天也还是绿的。尤其是雨季，翠湖的柳树真是绿得好像要滴下来。湖水极清。我的印象里翠湖似没有蚊子。夏天的夜晚，我们在湖中漫步或在堤边浅草中坐卧，好像都没有被蚊子咬过。湖水常年盈满。我在昆明住了七年，没有看见过翠湖干得见了底。偶尔接连下了几天大雨，湖水涨了，湖中的大路也被淹没，不能通过了。但这样的时候很少。翠湖的水不深，浅处没膝，深处也不过齐腰，因此没有人到这里来自杀。我们有一个广东籍的同学，因为失恋，曾投过翠湖。但是他下湖在水里走了一截，又爬上来了。因为他大概还不太想死，而且翠湖里也淹不死人。翠湖不种荷花，但是有许多水浮莲。肥厚碧绿的猪耳状的叶子,开着一望无际的粉紫色的蝶形的花,很热闹。我是在翠湖才认识这种水生植物的。我以后再也没看到过这样大片大片的水浮莲。湖中多红鱼,很大,都有一尺多长。这些鱼已经习惯于人声脚步,见人不惊,整天只是安安静静的,悠然地浮沉游动着。有时夜晚从湖中大路上过,会忽然泼剌一声,从湖心跃起一条极大的大鱼,吓你一跳。湖水、柳树、粉紫色的水浮莲、红鱼,共同组成一个印象:翠。

一九三九年的夏天我到昆明来考大学,寄住在青莲街的同济中学的宿舍里,几乎每天都要到翠湖。学校已经发了榜,还没有开学,我们除了骑马到黑龙潭、金殿,坐船到大观楼,就是到翠湖图书馆去看书。这是我这一生去过次数最多的一个图书馆,也是印象极佳的一个图书馆。图书馆不大,形制有一点像一个道观,非常安静整洁。有一个侧院,院里种了好多盆白茶花。这些白茶花有时整天没有一个人来看它,就只是安安静静地欣然地开着。图书馆的管理员是一个妙人。他没有准确的上下班时间。有时我们去得早了,他还没有来,门没有开,我们就在外面等着。他来了,谁也不理,开了门,走进阅览室,把壁上一个不走的挂钟的时针"喀啦啦"一拨,拨到八点,这

第二章 ● 生活，是很好玩的

就上班了，开始借书。这个图书馆的藏书室在楼上。楼板上挖出一个长方形的洞，从洞里用绳子吊下一个长方形的木盘。借书人开好借书单，——管理员把借书单叫作"飞子"，昆明人把一切不大的纸片都叫作"飞子"，买米的发票、包裹单、汽车票，都叫"飞子"，——这位管理员看一看，放在木盘里，一拽旁边的铃铛，"当啷啷"，木盘就从洞里吊上去了。——上面大概有个滑车。不一会儿，上面拽一个铃铛，木盘又系了下来，你要的书来了。这种古老而有趣的借书手续我以后再也没有见过。这个小图书馆藏书似不少，而且有些善本。我们想看的书大都能够借到。过了两三个小时，这位干瘦而沉默的有点像陈老莲画出来的古典的图书管理员站起来，把壁上不走的挂钟的时针"喀啦啦"一拨，拨到十二点：下班！我们对他这种以意为之的计时方法完全没有意见。因为我们没有一定要看完的书，到这里来只是享受一点安静。我们的看书，是没有目的的，从《南诏国志》到福尔摩斯，逮着什么看什么。

翠湖图书馆现在还么？这位图书管理员大概早已作古了。不知道为什么，我会常常想起他来，并和我所认识的几个孤独、贫穷而有点怪癖的小知识分子的印象掺和在一起，越来越鲜明。总有一天，这个人物的形象会出现在我的小说里的。

149

翠湖的好处是建筑物少。我最怕风景区挤满了亭台楼阁。除了翠湖图书馆，有一簇洋房，是法国人开的翠湖饭店。这所饭店似乎是终年空着的。大门虽开着，但我从未见过有人进去，不论是中国人还是法国人。此外，大路之东，有几间黑瓦朱栏的平房，狭长的，按形制似应该叫作"轩"。也许里面是有一方题作什么轩的横匾的，但是我记不得了。也许根本没有。轩里有一阵曾有人卖过面点，大概因为生意不好，停歇了。轩内空荡荡的，没有桌椅。只在廊下有一个卖"糠虾"的老婆婆。"糠虾"是只有皮壳没有肉的小虾。晒干了，卖给游人喂鱼。花极少的钱，便可从老婆婆手里买半碗，一把一把撒在水里，一尺多长的红鱼就很兴奋地游过来，抢食水面的糠虾，唼喋有声。糠虾喂完，人鱼俱散，轩中又是空荡荡的，剩下老婆婆一个人寂然地坐在那里。

路东伸进湖水，有一个半岛。半岛上有一个两层的楼阁，阁上是个茶馆。茶馆的地势很好，四面有窗，入目都是湖水。夏天，在阁子上喝茶，很凉快。这家茶馆，夏天，是到了晚上还卖茶的（昆明的茶馆都是这样，收市很晚），我们有时会一直坐到十点多钟。茶馆卖盖碗茶，还卖炒葵花子、南瓜子、花生米，都装在一个个白铁敲成的方碟子里，昆明的茶馆计账的

第二章　● 生活，是很好玩的

方法有点特别：瓜子、花生，都是一个价钱，按碟算。喝完了茶，"收茶钱！"堂倌走过来，数一数碟子，就报出个钱数。我们的同学有时临窗饮茶，嗑完一碟瓜子，随手把铁皮碟往外一扔，"piā——"，碟子就落进了水里。堂倌算账，还是照碟算。这些堂倌们晚上清点时，自然会发现碟子少了，并且也一定会知道这些碟子上哪里去了。但是从来没有一次收茶钱时因此和顾客吵起来过；并且在提着大铜壶用"凤凰三点头"手法为客人续水时也从不拿眼睛"贼"着客人。把瓜子碟扔进水里，自然是不大道德，不过堂倌不那么斤斤计较的风度却是很可佩服的。

除了到翠湖图书馆看书，喝茶，我们更多的时候是到翠湖去"穷遛"。这"穷遛"有两层意思，一是不名一钱地遛，一是无穷无尽地遛。"园日涉以成趣"，我们遛翠湖没有个够的时候。尤其是晚上，踏着斑驳的月光树影，可以在湖里一遛遛好几圈。一面走，一面海阔天空，高谈阔论。我们那时都是二十岁上下的人，似乎有很多话要说、可说，我们都说了些什么呢？我现在一句都记不得了！

我是一九四六年离开昆明的。一别翠湖，已经三十八年了，时间过得真快！

我是很想念翠湖的。

前几年,听说因为搞什么"建设",挖断了水脉,翠湖没有水了。我听了,觉得怅然,而且,愤怒了。这是怎么搞的!谁搞的?翠湖会成了什么样子呢?那些树呢?那些水浮莲呢?那些鱼呢?

最近听说,翠湖又有水了,我高兴!我当然会想到这是三中全会带来的好处。这是拨乱反正。

但是我又听说,翠湖现在很热闹,经常举办"蛇展"什么的,我又有点担心。这又会成了什么样子呢?我不反对翠湖游人多,甚至可以有游艇,甚至可以设立摊篷卖破酥包子、烟鸡米线、冰激凌、雪糕,但是最好不要搞"蛇展"。我希望还有一个明爽安静的翠湖。我想这也是很多昆明人的希望。

◇ 昆明的雨

宁坤要我给他画一张画,要有昆明的特点。我想了一些时候,画了一幅:右上角画了一片倒挂着的浓绿的仙人掌,末端开出一朵金黄色的花;左下画了几朵青头菌和牛肝菌。题了这样几行字:

> 昆明人家常于门头挂仙人掌一片以辟邪,仙人掌悬空倒挂尚能存活开花。于此可见仙人掌生命之顽强,亦可见昆明雨季空气之湿润。雨季则有青头菌、牛肝菌,味极鲜腴。

我想念昆明的雨。

我以前不知道有所谓雨季。"雨季",是到昆明以后才有了具体感受的。

我不记得昆明的雨季有多长,从几月到几月,好像是相当长的。但是并不使人厌烦。因为是下下停停、停停下下,不是连绵不断,下起来没完,而且并不使人气闷。我觉得昆明雨季气压不低,人很舒服。

昆明的雨季是明亮的、丰满的,使人动情的。城春草木深,孟夏草木长。昆明的雨季,是浓绿的。草木的枝叶里的水分都到了饱和状态,显示出过分的、近于夸张的旺盛。

我的那张画是写实的。我确实亲眼看见过倒挂着还能开花的仙人掌。旧日昆明人家门头上用以辟邪的多是这样一些东西:一面小镜子,周围画着八卦,下面便是一片仙人掌,——在仙人掌上扎一个洞,用麻线穿了,挂在钉子上。昆明仙人掌多,且极肥大。有些人家在菜园的周围种了一圈仙人掌以代替篱笆。——种了仙人掌,猪羊便不敢进园吃菜了。仙人掌有刺,猪和羊怕扎。

昆明菌子极多。雨季逛菜市场,随时可以看到各种菌子。最多,也最便宜的是牛肝菌。牛肝菌下来的时候,家家饭馆卖炒牛肝菌,连西南联大食堂的桌子上都可以有一碗。牛肝菌色如牛肝,滑,嫩,鲜,香,很好吃。炒牛肝菌须多放蒜,否则容易使人晕倒。青头菌比牛肝菌略贵。这种菌子炒熟了也还是

第二章　● 生活，是很好玩的

浅绿色的，格调比牛肝菌高。菌中之王是鸡㙡，味道鲜浓，无可方比。鸡㙡是名贵的山珍，但并不真的贵得惊人。一盘红烧鸡㙡的价钱和一碗黄焖鸡不相上下，因为这东西在云南并不难得。有一个笑话：有人从昆明坐火车到呈贡，在车上看到地上有一棵鸡㙡，他跳下去把鸡㙡捡了，紧赶两步，还能爬上火车。这笑话用意在说明昆明到呈贡的火车之慢，但也说明鸡㙡随处可见。有一种菌子，中吃不中看，叫作干巴菌。乍一看那样子，真叫人怀疑：这种东西也能吃？！颜色深褐带绿，有点像一堆半干的牛粪或一个被踩破了的马蜂窝。里头还有许多草茎、松毛，乱七八糟！可是下点功夫，把草茎、松毛择净，撕成蟹腿肉粗细的丝，和青辣椒同炒，入口便会使你张目结舌：这东西这么好吃？！还有一种菌子，中看不中吃，叫鸡油菌。都是一般大小，有一块银元那样大，滴溜儿圆，颜色浅黄，恰似鸡油一样。这种菌子只有做菜时配色用，没甚味道。

雨季的果子，是杨梅。卖杨梅的都是苗族女孩子，戴一顶小花帽子，穿着扳尖的绣了满帮花的鞋，坐在人家阶石的一角，不时吆喝一声："卖杨梅——"声音娇娇的。她们的声音使得昆明雨季的空气更加柔和了。昆明的杨梅很大，有一个乒乓球那样大，颜色黑红黑红的，叫作"火炭梅"。这个名

155

字起得真好,真是像一球烧得炽红的火炭!一点都不酸!我吃过苏州洞庭山的杨梅、井冈山的杨梅,好像都比不上昆明的火炭梅。

雨季的花是缅桂花。缅桂花即白兰花,北京叫作"把儿兰"(这个名字真不好听)。云南把这种花叫作缅桂花,可能最初这种花是从缅甸传入的,而花的香味又有点像桂花,其实这跟桂花实在没有什么关系。——不过话又说回来,别处叫它白兰、把儿兰,它和兰也挨不上呀,也不过是因为它很香,香得像兰花。我在家乡看到的白兰多是一人高,昆明的缅桂是大树!我在若园巷二号住过,院里有一棵大缅桂,密密的叶子,把四周房间都映绿了。缅桂盛开的时候,房东(是一个五十多岁的寡妇)和她的一个养女,搭了梯子上去摘,每天要摘下来好些,拿到花市上去卖。她大概是怕房客们乱摘她的花,时常给各家送去一些。有时送来一个七寸盘子,里面摆得满满的缅桂花!带着雨珠的缅桂花使我的心软软的,不是怀人,不是思乡。

雨,有时是会引起人一点淡淡的乡愁的。李商隐的《夜雨寄北》是为许多久客的游子而写的。我有一天在积雨少住的早晨和德熙从联大新校舍到莲花池去。看了池里的满池清水,看了着比丘尼装的陈圆圆的石像(传说陈圆圆随吴三桂到云南后

第二章　生活，是很好玩的

出家，暮年投莲花池而死），雨又下起来了。莲花池边有一条小街，有一个小酒店，我们走进去，要了一碟猪头肉，半市斤酒（装在上了绿釉的土瓷杯里），坐了下来。雨下大了。酒店有几只鸡，都把脑袋反插在翅膀下面，一只脚着地，一动也不动地在檐下站着。酒店院子里有一架大木香花。昆明木香花很多，有的小河沿岸都是木香。但是这样大的木香却不多见。一棵木香，爬在架上，把院子遮得严严的。密匝匝的细碎的绿叶，数不清的半开的白花和饱涨的花骨朵，都被雨水淋得湿透了。我们走不了，就这样一直坐到午后。四十年后，我还忘不了那天的情味，写了一首诗：

莲花池外少行人，
野店苔痕一寸深。
浊酒一杯天过午，
木香花湿雨沉沉。

我想念昆明的雨。

○ 胡 同 文 化

北京城像一块大豆腐，四方四正。城里有大街，有胡同，大街、胡同都是正南正北，正东正西。北京人的方位意识极强。过去拉洋车的，逢转弯处都高叫一声"东去！""西去！"以防碰着行人。老两口睡觉，老太太嫌老头子挤着她了，说"你往南边去一点。"这是外地少有的。街道如是斜的，就特别标明是斜街，如烟袋斜街、杨梅竹斜街。大街、胡同，把北京切成一个又一个方块。这种方正不但影响了北京人的生活，也影响北京人的思想。

胡同原是蒙古语，据说原意是水井，未知确否。胡同的取名，有各种来源。有的是计数的，如东单三条、东四十条。有的原是皇家储存物件的地方，如皮库胡同、惜薪司胡同（存放柴炭的地方）。有的是这条胡同里曾住过一个有名的人物，如无量大人胡同、石老娘（老娘是接生婆）胡同。大雅宝胡同原名

第二章 ● 生活，是很好玩的

大哑巴胡同，大概胡同里曾住过一个哑巴。王皮胡同是因为有一个姓王的皮匠。王广福胡同原名王寡妇胡同。有的是某种行业集中的地方。手帕胡同大概是卖手帕的。羊肉胡同当初想必是卖羊肉的。有的胡同是像其形状的。高义伯胡同原名狗尾巴胡同。小羊宜宾胡同原名羊尾巴胡同。大概是因为这两条胡同的样子有点像羊尾巴、狗尾巴。有些胡同则不知道何所取义，如大绿纱帽胡同。

胡同有的很宽阔，如东总布胡同、铁狮子胡同。这些胡同两边大都是"宅门"，到现在房屋都还挺整齐。有些胡同很小，如耳朵眼胡同。北京到底有多少胡同？北京人说：有名的胡同三千六；没名的胡同数不清。通常提起"胡同"，多指的是小胡同。

胡同是贯通大街的网络。它距离闹市很近，打个酱油，约二斤鸡蛋什么的，很方便，但又似很远。这里没有车水马龙，总是安安静静的，偶尔有剃头挑子的"唤头"（像一个大镊子，用铁棒从当中擦过，便发出嗡的一声）、磨剪子磨刀的"惊闺"（十几个铁片穿成一片，摇动作声）、算命的盲人（现在早没有了）吹的短笛的声音。这些声音不但不显得喧闹，倒显得胡同里更加安静了。

胡同和四合院是一体。胡同两边是若干四合院连接起来的。胡同、四合院，是北京市民的居住方式，也是北京市民的文化形态。我们通常说北京的市民文化，就是指的胡同文化。胡同文化是北京文化的重要组成部分，即使不是最主要的部分。

胡同文化是种封闭的文化，住在胡同里的居民大都安土重迁，不大愿意搬家。有在一个胡同里一住住几十年的，甚至有住了几辈子的。胡同里的房屋大都很旧了。"地根儿"房子就不太好，旧房檩、断砖墙。下雨天常是外面大下，屋里小下。一到下大雨，总可以听到房塌的声音，那是胡同里的房子，但是他们舍不得"挪窝"，——"破家值万贯"。

四合院是一个盒子。北京人理想的住家是"独门独院"。北京人也很讲究"处街坊""远亲不如近邻"。"街坊里道"的，谁家有点事，婚丧嫁娶，都"随"一点"份子"，道个喜或道个恼，不这样就不合"礼数"。但是平常日子，过往不多，除了有的街坊是棋友，"杀"一盘；有的是酒友，到"大酒缸"（过去山西人开的酒铺，都没有桌子，在酒缸上放一块规成圆形的厚板以代酒桌）喝两"个"（大酒缸二两一杯，叫作"一个"）；或是鸟友，不约而同，各晃着鸟笼，到天坛城根、玉渊潭去

第二章 生活，是很好玩的

"会鸟"（会鸟是把鸟笼挂在一处，既可让鸟互相学叫，也互相比赛），此外，"各人自扫门前雪，休管他人瓦上霜"。

北京人易于满足，他们对生活的物质要求不高。有窝头，就知足了。大腌萝卜，就不错。小酱萝卜，那还有什么说的。臭豆腐滴几滴香油，可以待姑奶奶。虾米皮熬白菜，嘿！我认识一个在国子监当过差，伺候过陆润庠、王垿等祭酒的老人，他说："哪儿也比不了北京。北京的熬白菜也比别处好吃，——五味神在北京。"五味神是什么神？我至今考察不出来。但是北京人的大白菜文化是可以理解的。北京人每个人一辈子吃的大白菜撂起来大概有北海白塔那么高。

北京人爱瞧热闹，但是不爱管闲事。他们总是置身事外，冷眼旁观。北京是民主运动的策源地，民国以来，常有学生运动，北京人管学生运动叫作"闹学生"。学生示威游行，叫作"过学生"。与他们无关。

北京胡同文化的精义是"忍"。安分守己，逆来顺受。老舍《茶馆》里的王利发说"我当了一辈子的顺民"，是大部分北京市民的心态。

我的小说《八月骄阳》里写到"文化大革命"，有这样一段对话：

161

"还有个章法没有？我可是当了一辈子安善良民，从来奉公守法。这会儿，全乱了。我这眼前就跟'下黄土'似的，简直的，分不清东西南北了。"

"您多余操这份儿心，粮店还卖不卖棒子面？"

"卖！"

"还是的。有棒子面就行。……"

我们楼里有个小伙子，为了一点事，打了开电梯的小姑娘一个嘴巴，我们都很生气，怎么可以打一个女孩子呢！我跟两个上了岁数的老北京（他们是"搬迁户"，原来是住在胡同里的）说，大家应该主持正义，让小伙子当众向小姑娘认错，这二位同声说："叫他认错？门儿也没有！忍着吧！——'穷忍着，富耐着，睡不着眯着'！""睡不着眯着"这话实在太精彩了！睡不着，别烦躁，别起急，眯着，北京人，真有你的！

北京的胡同在衰败、没落。除了少数"宅门"还在那里挺着，大部分民居的房屋都已经很残破，有的地基基础甚至已经下沉，只有多半截还露在地面上。有些四合院门外还保存已失原形的拴马桩、上马石，记录着失去的荣华。有打不上水来的井眼、磨圆了棱角的石头棋盘，供人凭吊。西风残照，衰草离坡，满目荒凉，毫无生气。

第二章　生活，是很好玩的

　　看看这些胡同的照片，不禁使人产生怀旧情绪，甚至有些伤感。但是这是无可奈何的事，在商品经济大潮的席卷之下，胡同和胡同文化总有一天会消失的。也许像西安的虾蟆陵，南京的乌衣巷，还会保留一两个名目，使人怅望低回。

　　再见吧，胡同。

◆ 北京人的遛鸟

遛鸟的人是北京人里头起得最早的一拨。每天一清早，当公共汽车和电车首班车出动时，北京的许多园林以及郊外的一些地方空旷、林木繁茂的去处，就已经有很多人在遛鸟了。他们手里提着鸟笼，笼外罩着布罩，慢慢地散步，随时轻轻地把鸟笼前后摇晃着，这就是"遛鸟"。他们有的是步行来的，更多的是骑自行车来的。他们带来的鸟有的是两笼——多的可至八笼。如果带七八笼，就非骑车来不可了。车把上、后座、前后左右都是鸟笼，都安排得十分妥当。看到它们平稳地驶过通向密林的小路，是很有趣的，——骑在车上的主人自然是十分潇洒自得，神清气朗。

养鸟本是清朝八旗子弟和太监们的爱好，"提笼架鸟"在过去是对游手好闲，不事生产的人的一种贬词。后来，这种爱好才传到一些辛苦忙碌的人中间，使他们能得到一些休息和安

第二章　生活，是很好玩的

慰。我们常常可以在一个修鞋的、卖老豆腐的、钉马掌的摊前的小树上看到一笼鸟。这是他的伙伴。不过养鸟的还是以上岁数的较多，大都是从五十岁到八十岁的人，大部分是退休的职工，在职的稍少。近年在青年工人中也渐有养鸟的了。

北京人养的鸟的种类很多。大别起来，可以分为大鸟和小鸟两类。大鸟主要是画眉和百灵，小鸟主要是红子、黄鸟。

鸟为什么要"遛"？不遛不叫。鸟必须习惯于笼养，习惯于喧闹扰攘的环境。等到它习惯于与人相处时，它就会尽情鸣叫。这样的一段驯化，术语叫作"压"。一只生鸟，至少得"压"一年。

让鸟学叫，最直接的办法是听别的鸟叫，因此养鸟的人经常聚会在一起，把他们的鸟揭开罩，挂在相距不远的树上，此起彼歇地赛着叫，这叫作"会鸟儿"。养鸟人不但彼此很熟悉，而且对他们朋友的鸟的叫声也很熟悉。鸟应该向哪只鸟学叫，这得由鸟主人来决定。一只画眉或百灵，能叫出几种"玩意儿"，除了自己的叫声，能学山喜鹊、大喜鹊、伏天、苇乍子、麻雀打架、公鸡打架、猫叫、狗叫。

曾见一个养画眉的用一架录音机追逐一只布谷鸟，企图把它的叫声录下，好让他的画眉学。他追逐了五个早晨（北京布

165

谷鸟是很少的），到底成功了。

鸟叫的音色是各色各样的。有的宽亮，有的窄高，有的鸟聪明，一学就会；有的笨，一辈子只能老实巴交地叫那么几声。有的鸟害羞，不肯轻易叫；有的鸟好胜，能不歇气地叫一个多小时！

养鸟主要是听叫，但也重相貌。大鸟主要要大，但也要大得匀称。画眉讲究"眉子"（眼外的白圈）清楚。百灵要大头，短嘴。养鸟人对于鸟自有一套非常精细的美学标准，而这种标准是他们共同承认的。

因此，鸟的身份悬殊极大。一只生鸟（画眉或百灵）值二三元人民币，甚至还要少，而一只长相俊秀能唱十几种"曲调"的值一百五十元，相当于一个熟练工人一个月的工资。

养鸟是很辛苦的。除了遛，预备鸟食也很费事。鸟一般要吃拌了鸡蛋黄的棒子面或小米面，牛肉——把牛肉焙干，碾成细末。经常还要吃"活食"——蚂蚱、蟋蟀、玉米虫。

养鸟人所重视的，除了鸟本身，便是鸟笼。鸟笼分圆笼、方笼两种。一般的鸟笼值一二十元，有的雕镂精细，近于"鬼工"，贵得令人咋舌。——有人不养鸟，专以搜集名贵鸟笼为乐。鸟笼里大有高低贵贱之分的是鸟食罐。一副雍正青花的鸟食罐，已成稀世的珍宝。

除了笼养听叫的鸟，北京人还有一种养在"架"上的鸟。所谓架，是一截树杈。养这类鸟的乐趣是训练它"打弹"，养鸟人把一个弹丸扔在空中，鸟会飞上去接住。有的一次飞起能接连接住两个。架养的鸟一般体大嘴硬，例如锡嘴和交嘴雀。所以，北京过去有"提笼架鸟"之说。

◇ 国　子　监

　　为了写国子监，我到国子监去逛了一趟，不得要领。从首都图书馆抱了几十本书回来，看了几天，看得眼花气闷，而所得不多。后来，我去找了一个"老"朋友聊了两个晚上，倒像是明白了不少事情。我这朋友世代在国子监当差，"侍候"过翁同龢、陆润庠、王垿等祭酒，给新科状元打过"状元及第"的旗，国子监生人，今年七十三岁，姓董。

　　国子监，就是从前的大学。

　　这个地方原先是什么样子，没法知道了（也许是一片荒郊）。立为国子监，是在元代迁都大都以后，至元二十四年（一二八八年），距今约已七百年。

　　元代的遗迹，已经难于查考。给这段时间作证的，有两棵老树：一棵槐树，一棵柏树。一在彝伦堂前，一在大成殿阶下。据说，这都是元朝的第一任国立大学校长——国子监祭酒

第二章 生活，是很好玩的

许衡手植的。柏树至今仍颇顽健，老干横枝，婆娑弄碧，看样子还能再活个几百年。那棵槐树，约有北方常用二号洗衣绿盆粗细，稀稀疏疏地披着几根细瘦的枝条，干枯僵直，全无一点生气，已经老得不成样子了，很难断定它是否还活着。传说它老早就已经死过一次，死了几十年，有一年不知道怎么又活了。这是乾隆年间的事，这年正赶上是慈宁太后的六十"万寿"，嗬，这是大喜事！于是皇上、大臣赋诗作记，还给老槐树画了像，全都刻在石头上，着实热闹了一通。这些石碑，至今犹在。

国子监是学校，除了一些大树和石碑之外，主要的是一些作为大学校舍的建筑。这些建筑的规模大概是明朝的永乐所创建的（大体依据洪武帝在南京所创立的国子监，而规模似不如原来之大），清朝又改建或修改过。其中修建最多的，是那位站在大清帝国极盛的峰顶，喜武功亦好文事的乾隆。

一进国子监的大门——集贤门，是一个黄色琉璃牌楼。牌楼之里是一座十分庞大华丽的建筑。这就是辟雍。这是国子监最中心、最突出的一个建筑。这就是乾隆所创建的。辟雍者，天子之学也。天子之学，到底该是个什么样子，从汉朝以来就众说纷纭，谁也闹不清楚。照现在看起来，是在平地上开出一个正圆的池子，当中留出一块四方的陆地，上面盖起一座十分宏大的四方的大殿，重檐，有两层廊柱，盖黄色琉璃瓦，安一个巨大的镏金顶子，梁柱檐饰，皆朱漆描金，透刻敷彩，看起来像一顶大花轿子似的。辟雍殿四面开门，可以洞启。池上围以白石栏杆，四面有石桥通达。这样的格局是有许多讲究的，这里不必说它。辟雍，是乾隆以前的皇帝就想到要建筑的，但都因为没有水而作罢了（据说天子之学必得有水）。到了乾隆，气魄果然要大些，认为"北京为天下都会，教化所先也，大典阙如，非所以崇儒重道，古与稽而今与居也"（《御制国学新建辟雍圜水工成碑记》）。没有水，那有什么关系！下令打了四口井，从井里把水汲上来，从暗道里注入，通过四个龙头（螭首），喷到白石砌就的水池里，于是石池中涵空照影，泛着潋滟的波光了。二、八月里，祀孔释奠之后，乾隆来了。前面钟楼里撞钟，鼓楼里擂鼓，殿前四个大香炉里烧着檀香，他走入讲台，坐上宝座，讲《大学》或《孝经》一章，叫王公大臣和国子监的学生跪在石池的桥边听着，这个盛典，叫作"临雍"。

这"临雍"的盛典，道光、嘉庆年间，似乎还举行过，到了光绪，据我那朋友老董说，就根本没有这档子事了。大

第二章　● 生活，是很好玩的

殿里一年难得打扫两回，月牙河（老董管辟雍殿四边的池子叫作四个"月牙河"）里整年是干的，只有在夏天大雨之后，各处的雨水一齐奔到这里面来。这水是死水，那光景是不难想象的。

然而辟雍殿确实是个美丽的、独特的建筑。北京有名的建筑，除了天安门、天坛祈年殿那个蓝色的圆顶、九梁十八柱的故宫角楼，应该数到这顶四方的大花轿。

辟雍之后，正面一间大厅，是彝伦堂，是校长——祭酒和教务长——司业办公的地方。此外有"四厅六堂"，敬一亭，东厢西厢。四厅是教职员办公室。六堂本来应该是教室，但清朝另于国子监斜对门盖了一些房子作为学生住宿进修之所，叫作"南学"（北方戏文动辄说"到南学去攻书"，指的即是这个地方），六堂作为考场时似更多些。学生的月考、季考在此举行，每科的乡会试也要先在这里考一天，然后才能到贡院下场。

六堂之中原来排列着一套世界上最重的书，这书一页有三四尺宽，七八尺长，一尺许厚，重不知几千斤。这是一套石刻的十三经，是一个老书生蒋衡一手写出来的。据老董说，这是他默出来的！他把这套书献给皇帝，皇帝接受了，刻在国子监中，作为重要的装点。这皇帝，就是高宗纯皇帝乾隆陛下。

国子监碑刻甚多,数量最多的,便是蒋衡所写的经。著名的,旧称有赵松雪临写的"黄庭""乐毅""兰亭定武本";颜鲁公"争座位",这几块碑不晓得现在还在不在,我这回未暇查考。不过我觉得最有意思、最值得一看的是明太祖训示太学生的一通敕谕:

恁学生每听着:先前那宗讷做祭酒呵,学规好生严肃,秀才每循规蹈矩,都肯向学,所以教出来的个个中用,朝廷好生得人。后来他善终了,以祀送他回乡安葬,沿路上著有司官祭他。

近年著那老秀才每做祭酒呵,他每都怀着异心,不肯教诲,把宗讷的学规都改坏了,所以生徒全不务学,用著他呵,好生坏事。

如今著那年纪小的秀才官人每来署学事,他定的学规,恁每当依著行。敢有抗拒不服,撒泼皮,违犯学规的,若祭酒来奏著恁呵,都不饶!全家发向烟瘴地面去,或充军,或充吏,或做首领官。

今后学规严紧,若有无籍之徒,敢有似前贴没头

第二章 生活，是很好玩的

帖子，诽谤师长的，许诸人出首，或绑缚将来，赏大银两个。若先前贴了票子，有知道的，或出首，或绑缚将来呵，也一般赏他大银两个。将那犯人凌迟了，枭令在监前，全家抄没，人口发往烟瘴地面。钦此！

这里面有一个血淋淋的故事：明太祖为了要"人才"，对于办学校非常热心。他办学的政策只有一个字：严。他所委任的第一任国子监祭酒宗讷，就秉承他的意旨，定出许多规条，待学生非常的残酷，学生曾有饿死吊死的。学生受不了这样的迫害和饥饿，曾经闹过两次学潮。第二次学潮起事的是学生赵麟，出了一张壁报（没头帖子）。太祖闻之，龙颜大怒，把赵麟杀了，并在国子监立一长竿，把他的脑袋挂在上面示众（照明太祖的语言，是"枭令"）。隔了十年，他还忘不了这件事，有一天又召集全体教职员和学生训话。碑上所刻，就是训话的原文。

这些本来是发生在南京国子监的事，怎么北京的国子监也有这么一块碑呢？想必是永乐皇帝觉得他老大人的这通话训得十分精彩，应该垂之久远，所以特在北京又刻了一个复本。是的，这值得一看。他的这篇白话训词比历朝皇帝的"崇儒重

173

道"之类的话都要真实得多,有力得多。

这块碑在国子监仪门外侧右手,很容易找到。碑分上下两截。下截是对工役膳夫的规矩,那更不得了:"打五十竹篦"!"处斩"!"割了脚筋"……

历代皇帝虽然都似乎颇为重视国子监,不断地订立了许多学规,但不知道为什么,国子监出的人才并不是那样的多。

《戴斗夜谈》一书中说,北京人已把国子监打入"十可笑"之列:

> 京师相传有十可笑:光禄寺茶汤,大医院药方,神乐观祈禳,武库司刀枪,营缮司作场,养济院衣粮,教坊司婆娘,都察院宪纲,国子监学堂,翰林院文章。

国子监的课业历来似颇为稀松。学生主要的功课是读书、写字、作文。国子监学生——监生的肄业、待遇情况各时期都有变革。到清朝末年,据老董说,是每隔六日作一次文,每一年转堂(升级)一次,六年毕业,学生每月领助学金(膏火)八两。学生毕业之后,大部分发作为县级干部,或为县长(知

第二章 ● 生活，是很好玩的

县）、副县长（县丞），或为教育科长（训导）。另外还有一种特殊的用途，是调到中央去写字（清朝有一个时期光禄寺的面袋都是国子监学生的仿纸做的）。从明朝起就有调国子监善书学生去抄录《实录》的例。明朝的一部大丛书《永乐大典》，清朝的一部更大的丛书《四库全书》的底稿，那里面的端正严谨（也毫无个性）的馆阁体楷书，有些就是出自国子监高才生的手笔。这种工作，叫作"在誊桌上行走"。

国子监监生的身份不十分为人所看重。从明景泰帝开生员纳粟纳马入监之例以后，国子监的门槛就低了。尔后捐监之风大开，监生就更不值钱了。

国子监是个清高的学府，国子监祭酒是个清贵的官员——京官中，四品而掌印的，只有这么一个。做祭酒的，生活实在颇为清闲，每月只逢六逢一上班，去了之后，当差的在门口喝一声短道，沏上一碗盖碗茶，他到彝伦堂上坐了一阵，给学生出题目，看看卷子；初一、十五带着学生上大成殿磕头，此外简直没有什么事情。清朝时他们还有两桩特殊任务：一是每年十月初一，率领属官到午门去领来年的皇历；一是遇到日食、月食，穿了素服到礼部和太常寺去"救护"，但领皇历一年只一次，日食、月食，更是难得碰到的事。戴璐《藤阴杂记》说此官"清简恬静",这几个字是下得很恰当的。

但是,一般做官的似乎都对这个差使不大发生兴趣。朝廷似乎也知道这种心理,所以,除了特殊例外,祭酒不上三年就会迁调。这是为什么?因为这个差使没有油水。

查清朝的旧例,祭酒每月的俸银是一百零五两,一年一千二百六十两,外加办公费每月三两,一年三十六两,加在一起,实在不算多。国子监一没人打官司告状,二没有盐税河工可以承揽,没有什么外快。但是毕竟能够养住上上下下的堂官皂役的,赖有相当稳定的银子,这就是每年捐监的手续费。

据朋友老董说,纳监的监生除了要向吏部交一笔钱,领取一张"护照"外,还需向国子监交钱领"监照"——就是大学毕业证书。照例一张监照,交银一两七钱。国子监旧例,积银二百八十两,算一个"字"、按"千字文"数,有一个字算一个字,平均每年约收入五百字上下。我算了算,每年国子监收入的监照银约有十四万两,即每年有八十二三万不经过入学和考试只花钱向国家买证书而取得大学毕业资格——监生的人。原来这是一种比乌鸦还要多的东西!这十四万两银子照国家的规定是不上缴的,由国子监官吏皂役按份摊分,祭酒每一字分十两,那么一年约可收入五千银子,比他的正薪要多得多。其余

第二章　●　生活，是很好玩的

司业以下各有差。据老董说，连他一个"字"也分五钱八分，一年也从这一项上收入二百八九十两银子！

老董说，国子监还有许多定例。比如，像他，是典籍厅的刷印匠，管给学生"做卷"——印制作文用的红格本子，这事包给了他，每月例领十三两银子。他父亲在时还会这宗手艺，到他时则根本没有学过，只是到大栅栏口买一刀毛边纸，拿到琉璃厂找铺子去印，成本共花三两，剩下十两，是他的。所以，老董说，那年头，手里的钱花不清——烩鸭条才一吊四百钱一卖！至于那几位"堂皂"，就更不得了了！单是每科给应考的举子包"枪手"（这事值得专写一文），就是一笔大财。那时候，当差的都兴喝黄酒，街头巷尾都是黄酒馆，跟茶馆似的，就是专为当差的预备着的。所以，像国子监的差使也都是世袭。这是一宗产业，可以卖，也可以顶出去！

老董的记性极好，我的复述倘无错误，这实在是一宗未见载录的珍贵史料。我所以不惮其烦地缕写出来，用意是在告诉比我更年轻的人，封建时代的经济、财政、人事制度，是一个多么古怪的东西！

国子监，现在已经作为首都图书馆的馆址了。首都图书馆的老底子是头发胡同的北京市图书馆，即原先的通俗图书馆——由于鲁迅先生的倡议而成立，鲁迅先生曾经襄赞其事，并捐赠过书籍的图书馆；前曾移到天坛，因为天坛地点逼仄，又挪到这里了。首都图书馆藏书除原头发胡同的和建国后新买的以外，主要为原来孔德学校和法文图书馆的藏书。就中最具特色，在国内搜藏较富的，是鼓词俗曲。

○ 闹 市 闲 民

我每天在西四倒101路公共汽车回甘家口。直对101站牌有一户人家。一间屋，一个老人。天天见面，很熟了。有时车老不来，老人就搬出一个马扎儿来："车还得会子，坐会儿。"

屋里陈设非常简单（除了大冬天，他的门总是开着），一张小方桌，一个方几凳，三个马扎儿，一张床，一目了然。

老人七十八岁了，看起来不像，顶多七十岁，气色很好。他经常戴一副老式的圆镜片的浅茶晶的养目镜——这副眼镜大概是他身上唯一值钱的东西。眼睛很大，一点没有混浊，眼角有深深的鱼尾纹。跟人说话时总带着一点笑意，眼神如一个天真的孩子。上唇留了一撮疏疏的胡子，花白了。他的人中很长，唇髭不短，但是遮不住他的微厚而柔软的上唇。——相书上说人中长者多长寿，信然。他的头发也花白了，向后梳得很整齐。他长年穿一套很宽大的蓝制服，天凉时套一件黑色粗毛线的很长的背心。圆口布鞋,草绿色线袜。

从攀谈中我大概知道了他的身世。他原来在一个中学当工友,早就退休了。他有家,有老伴。儿子在石景山钢铁厂当车间主任。孙子已经上初中了。老伴跟儿子。他不愿跟他们一起过,说是:"乱!"他愿意一个人。他的女儿出嫁了。外孙也大了。儿子有时进城办事,来看看他,给他带两包点心,说会子话。儿媳妇、女儿隔几个月来给他拆洗拆洗被褥。平常,他和亲属很少来往。

他的生活非常简单。早起扫扫地,扫他那间小屋,扫门前的人行道。一天三顿饭。早点是干馒头就咸菜喝白开水,中午、晚上吃面。一年三百六十五天,天天如此。他不上粮店买切面,自己做。抻条,或是拨鱼儿。他的拨鱼儿真是一绝。小锅里坐上水,用一根削细了的筷子把稀面顺着碗口"赶"进锅里。他拨的鱼儿不断,一碗拨鱼儿是一根,而且粗细如一。我为看他拨鱼儿,宁可误一趟车。我跟他说:"你这拨鱼儿真是个手艺!"他说:"没什么,早一点把面和上,多搅搅。"我学着他的法子回家拨鱼儿,结果成了一锅面糊糊疙瘩汤。他吃的面总是一个味儿!浇炸酱。黄酱,很少一点肉末。黄瓜丝、小萝卜,一概不要。白菜下来时,切几丝白菜,这就是"菜码儿"。

第二章 ● 生活，是很好玩的

他饭量不小，一顿半斤面。吃完面，喝一碗面汤（他不大喝水），涮涮碗，坐在门前的马扎儿上，抱着膝盖看街。

我有时带点新鲜菜蔬，青蛤、海蛎子、鳝鱼、冬笋、木耳菜，他总要过来看看："这是什么？"我告诉他是什么，他摇摇头："没吃过。南方人会吃。"他是不会想到吃这样的东西的。

他不种花，不养鸟，也很少遛弯儿。他的活动范围很小，除了上粮店买面，上副食店买酱，很少出门。

他一生经历了很多大事。远的不说。敌伪时期，吃混合面。傅作义。解放军进城，扭秧歌，锵锵起锵七起。开国大典，放礼花。没完没了的各种运动。"三年自然灾害"，大家挨饿。"文化大革命"。"四人帮"。"四人帮"垮台。华国锋。华国锋下台……

然而这些都与他无关，没有在他身上留下多少痕迹。他每天还是吃炸酱面，——只要粮店还有白面卖，而且北京的粮价长期稳定——坐在门口马扎儿上看街。

他平平静静，没有大喜大忧，没有烦恼，无欲望亦无追求，天然恬淡，每天只是吃抻条面、拨鱼儿，抱膝闲看，带着笑意，用孩子一样天真的眼睛。

这是一个活庄子。

181

◇ 午门忆旧

北京解放前夕,一九四八年夏天到一九四九年春天,我曾在午门的历史博物馆工作过一段时间。

午门是紫禁城总体建筑的一个重要的组成部分。这是故宫的正门,是真正的"宫门"。进了天安门、端门,这只是宫廷的"前奏"。进了午门,才算是进宫。有午门,没有午门,是不大一样的。没有午门,进天安门、端门,直接看到三大殿,就太敞了,好像一件衣裳没有领子。有午门当中一隔,后面是什么,都瞧不见,这才显得宫里神秘庄严,深不可测。

午门的建筑是很特别的。下面是一个凹形的城台。城台上正面是一座九间重檐庑殿顶的城楼,左右有重檐的方亭四座。城楼和这四座正方的亭子之间,有廊庑相连属,稳重而不笨拙,玲珑而不纤巧,极有气派,俗称为"五凤楼"。在旧戏里,五凤楼成了皇宫的代称。《草桥关》里姚期唱"到来朝陪王在那

第二章 ● 生活，是很好玩的

五凤楼"，《珠帘寨》里程敬思唱道"为千岁懒登五凤楼"，指的就是这里。实际上姚期和程敬思都是不会登上五凤楼的。楼不但大臣上不去，就是皇帝也很少上去。

午门有什么用呢？旧戏和评书里常有一句话："推出午门斩首！"哪能呢！这是编戏、编书的人想象出来的。午门的用处大概有这么三项：一是逢什么大典时，皇上登上城楼接见外国使节。曾见过一幅紫铜的版刻，刻的就是这一盛典。外国使节、满汉官员，分班肃立，极为隆重。是哪一位皇上，庆的是何节日，已经记不清了。其次是献俘。打了胜仗（一般都是镇压了少数民族），要把俘虏（当然不是俘虏的全部，只是代表性的人物）押解到京城来。献俘本来应该在太庙。《清会典·礼部》："解送俘囚至京师，钦天监择日献俘于太庙社稷。"但据熟悉掌故的同志说，在午门。到时候皇上还要坐到城楼亲自过过目。究竟在哪里，余生也晚，未能亲历，只好存疑。第三，大概是午门最有历史意义，也最有戏剧性的故实，是在这里举行廷杖。廷杖，顾名思义，是在朝廷上受杖。不过把一位大臣按在太和殿上打屁股，也实在不大像样子，所以都在午门外举行。廷杖是对廷臣的酷刑。据朱国桢《涌幢小品》，廷杖始于唐玄宗时。但是盛行似在明代。原来不过是"意思意思"。《涌幢小品》说:"成化以前,凡廷杖者不去衣,用厚棉底衣,毛毡叠帊,示辱而已。"穿了厚棉裤,又垫着几层毡子,打起来想必不会太疼。但就这样也够戗,挨打以后,要"卧床数日,而后得愈"。"正德初年,逆瑾(刘瑾)用事,恶廷臣,始去衣。"——那就说脱了裤子,露出屁股挨打了。"遂有杖死者。"掌刑的是"厂卫"。明朝宦官掌握的特务机关有东厂、西厂,后来又有中行厂。廷杖在午门外进行,抡杖的该是中行厂的锦衣卫。五凤楼下,血肉横飞,是何景象?

  不知从什么时候起,五凤楼就很少有人上去。"马道"的门锁着。民国以后,在这里建立了历史博物馆。据历史博物馆的老工友说,建馆后,曾经修缮过一次,从城楼的天花板上扫出了一些烧鸡骨头、荔枝壳和桂圆壳。他们说,这是"飞贼"留下来的。北京的"飞贼"做了案,就到五凤楼天花板上藏着,谁也找不着——那倒是,谁能搜到这样的地方呢?老工友们说,"飞贼"用一根麻绳,一头系一个大铁钩,一甩麻绳,把铁钩搭在城垛子上,三把两把,就"就"上来了。这种情形,他们谁也不会见过,但是言之凿凿。这种燕子李三式的人物引起老工友们美丽的向往,因为他们都已经老了,而且有的已经半身不遂。

第二章　　● 生活，是很好玩的

"历史博物馆"名目很大，但是没有多少藏品，东边的马道里有两尊"将军炮"，是很大的铜炮，炮管有两丈多长。一尊叫作"武威将军炮"，另一尊叫什么将军炮，忘了，据说张勋复辟时曾起用过两尊将军炮，有的老工友说他还听到过军令："传武威将军炮！"传"××将军炮！"是谁传？张勋，还是张勋的对立面？说不清。马道拐角处有一架李大钊烈士就义的绞刑机。据说这架绞刑机是德国进口的，只用过一次。为什么要把这东西陈列在这里呢？我们在写说明卡片时，实在不知道如何下笔。

城楼（我们习惯叫作"正殿"）里保留了皇上的宝座。两边铁架子上挂着十多件袁世凯祭孔用的礼服，黑缎的面料，白领子，式样古怪，道袍不像道袍。这一套服装为什么陈列在这里，也莫名其妙。

四个方亭子陈列的都是没有多大价值，也不值什么钱的文物：不知道来历的墓志、烧瘫在"匣"里的钧窑瓷碗、清代的"黄册"（为征派赋役编造的户口册）、殿试的卷子、大臣的奏折……西北角一间亭子里陈列的东西却有点特别，是多种刑具。有两把杀人用的鬼头刀，都只有一尺多长。我这才知道杀头不是用力把脑袋砍下来，而是用"巧劲"把脑袋"切"下来。最引人注意的是一套凌迟用的刀具，装在一个木匣里，有一二十把，大小不一。还有一把细长的锥子。据说受凌迟的人挨了很多刀，还不会死，最后要用这把锥子刺穿心脏，才会气绝。中国的剐刑搞得这样精细而科学，真是令人叹为观止。

整天和一些价值不大、不成系统的文物打交道，真正是"抱残守缺"。日子过得倒是蛮清闲的。白天检查检查仓库，更换更换说明卡片，翻翻资料，都是可做可不做的事情。下班后，到左掖门外筒子河边看看算卦的算卦，——河边有好几个卦摊；看人叉鱼，——叉鱼的沿河走，捏着鱼叉，欻地一叉下去，一条二尺来长的黑鱼就叉上来了。到了晚上，天安门、端门、左右掖门都关死了，我就到屋里看书。我住的宿舍在右掖门旁边，据说原是锦衣卫——就是执行廷杖的特务值宿的房子。四外无声，异常安静。我有时走出房门，站在午门前的石头坪场上，仰看满天星斗，觉得全世界都是凉的，就我这里一点是热的。

北平[①]一解放，我就告别了午门，参加四野南下工作团南下了。从此就再也没有到午门去看过，不知道午门现在是什么

---

① 北京的旧称之一。

第二章 生活，是很好玩的

样子。

有一件事可以记一记。解放前一天，我们正准备迎接解放，来了一个人，说："你们赶紧收拾收拾，我们还要办事呢！"他是想在午门上登基。这人是个疯子。

第 3 章

难得
最是得从容

一般人物都演得很从容，不火爆，不论是什么性格，都有一种发自于中的儒雅。

◎ 老年的爱憎

大约三十年前,我在张家口一家澡堂洗澡,翻翻留言簿,发现有叶圣陶给一个姓王的老搓背工题的几句话,说老王服务得很周到,并说:"与之交谈,亦甚通达。""通达"用在一个老搓背工的身上,我觉得很有意思,这比一般的表扬信有意思得多。从这句话里亦可想见叶老之为人,因此至今不忘。

"通达"是对世事看得很清楚,很透彻,不太容易着急、生气、发牢骚。

但"通达"往往和冷漠相混。鲁迅是反对这种通达的。《祝福》里鲁迅的本家叔叔堂上的对联的下联写的便是"世理通达心气和平",鲁迅是对这位讲理学的老爷存讽刺之意的。

通达又常和恬淡、悠闲联在一起。

这几年不知道怎么提倡起悠闲小品来,出版社争着出周作人、林语堂、梁实秋的书,这说明什么问题呢?

第三章 难得最是得从容

周作人早年的文章并不是那样悠闲的,他是个人道主义者,思想是相当激进的。直到《四十自寿》"请到寒斋吃苦茶"的时候,鲁迅还说他是有感慨的。后来才真的闲得无聊了。我以为林语堂、梁实秋的文章和周作人早期的散文是不能相比的。

提倡悠闲文学有一定的背景,大概是因为大家生活得太紧张,需要休息,前些年的文章政治性又太强,过于严肃,需要轻松轻松。但我以为一窝蜂似的出悠闲小品,不是什么好事。

可是偏偏有人(而且不少人)把我的作品算在悠闲文学一类里,而且算是悠闲文学的一个代表人物。

我是写过一些谈风俗,记食物,写草木虫鱼的文章,说是"悠闲",并不冤枉。但我也写过一些并不悠闲的作品。我写的《陈小手》,是很沉痛的。《城隍、土地、灶王爷》,也不是全无感慨。只是表面看来,写得比较平静,不那么激昂慷慨罢了。

我不是不食人间烟火,不动感情的人。我不喜欢那种口不臧否人物,绝不议论朝政,无爱无憎,无是无非,胆小怕事,除了猪肉白菜的价钱什么也不关心的离退休干部。这种人有的是。

中国人有一种哲学,叫作"忍"。我小时候听过"百忍堂"张家的故事,就非常讨厌。现在一些名胜古迹卖碑帖的文物商店卖的书法拓本最多的一是郑板桥的"难得糊涂",二是一个大字:"忍"。这是一种非常庸俗的人生哲学。

  周作人很欣赏杜牧的一句诗"忍过事则喜",我以为这不像杜牧说的话。杜牧是凡事都忍么?请看《阿房宫赋》:"使天下之人,不敢言而敢怒。"

◦ 谈 幽 默

《容斋随笔》载：关中无螃蟹。有人收得干蟹一只，有生疟疾的，就借去挂在门上，疟鬼（旧以为疟疾是疟鬼作祟）见了，不知是什么东西，就吓得退走了。《梦溪笔谈》云："不但人不识，鬼亦不识。"沈存中此语极幽默。

元宵节，司马温公的夫人要出去看灯，温公不同意，说自己家里有灯，何必到外面去看。夫人云："兼欲看人。"温公云："某是鬼耶？"司马温公胡搅蛮缠，很可爱。我一直以为司马先生是个很古怪的人，没想到他还挺会幽默。想来温公的家庭生活是挺有趣的。

齐白石曾为荣宝斋画笺纸，一朵淡蓝的牵牛花，几片叶子，题了两行字："梅畹华家牵牛花碗大，人谓外人种也，余画其最小者。"此老极风趣幽默。寻常画家，哪得有此。此是齐白石较寻常画家高处。

小时候看《济公传》：县官王老爷派两个轿夫抬着一乘轿子去接济公到衙门里来给太夫人看病。济公说他坐不来轿子，从来不坐轿子，他要自己走了去。轿夫说："你不坐，我们回去没法交代。"济公说："那这样，你们把轿底打掉，你们在外面抬，我在里面走。"轿夫只得依他。两个轿夫抬着空轿，轿子下面露着济公两只穿了破鞋的脚，和着轿夫的节奏啪嗒啪嗒地走着。实在叫人发噱。济公很幽默，编写《济公传》的民间艺人很幽默。

什么是幽默？

人世间有许多事，想一想，觉得很有意思。有时一个人坐着，想一想，觉得很有意思，会噗噗笑出声来。把这样的事记下来或说出来，便挺幽默。

《辞海》幽默条云：

> 英文 humour 的音译。通过影射、讽喻、双关等修辞手法，在善意的微笑中，揭露生活中乖讹和不通情理之处。

这话说得太死。只有"在善意的微笑中"是可以同意的。富于幽默感的人大都存有善意，常在微笑中。"左"派恶人，不懂幽默。

七十书怀

六十岁生日,我曾经写过一首诗:

冻云欲湿上元灯,

漠漠春阴柳未青。

行过玉渊潭畔路,

去年残叶太分明。

这不是"自寿",也没有"书怀","即事"而已。六十岁生日那天一早,我按惯例到所居近处的玉渊潭遛了一个弯,所写是即目所见。为什么提到上元灯?因为我的生日是旧历的正月十五。据说我是日落酉时诞生,那么正是要"上灯"的时候。沾了元宵节的光,我的生日总不会忘记。但是小时不做生日,到了那天,我总是鼓捣一个很大的,下面安四个轱辘的兔子灯,晚上牵了自制的兔子灯,里面插了蜡烛,在家里厅堂过道里到处跑,有时还要牵到相熟的店铺中去串门。我没有"今天是我的生日"的意识,只是觉得过"灯节"(我们那里把元宵叫作"灯节")很好玩。十九岁离乡,四方漂泊,过什么生日!后来在北京安家,孩子也大了,家里人对我的生日渐渐重视起来,到了那天,总得"表示"一下。尤其是我的孙女和外孙女,她们对我的生日比别人更为热心,因为那天可以吃蛋糕。六十岁是个整寿,但我觉得无所谓。诗的后两句似乎有些感慨,因为这时"文化大革命"过去不久,容易触景生情,但是究竟有什么感慨,也说不清。那天是阴天,好像要下雪,天气其实是很舒服的,诗的前两句隐隐约约有一点喜悦。总之,并不衰瑟,更没有过一年少一年这样的颓唐的心情。

一晃,十年过去了,我七十岁了。七十岁生日那天写了一首《七十书怀出律不改》:

悠悠七十犹耽酒,
唯觉登山步履迟。
书画萧萧余宿墨,
文章淡淡忆儿时。

第三章 难得最是得从容

也写书评也作序,
不开风气不为师。
假我十年闲粥饭,
未知留得几囊诗。

这需要加一点注解。

中国人的平均寿命比以前增高多了。我记得小时候看家里大人和亲戚，过了五十，就是"老太爷"了。我祖父六十岁生日，已经被称为"老寿星"。"人生七十古来稀"，现在七十岁不算稀奇了。不过七十总是个"坎儿"。不知从什么时候起，别人对我的称呼从"老汪"改成了"汪老"。我并无老大之感。但从去年下半年，我一想我再没有六十几了，不免有一点紧张。我并不太怕死，但是进入七十，总觉得去日苦多，是无可奈何的事。所幸者，身体还好。去年年底，还上了一趟武夷山。武夷山是低山，但总是山。我一度心肌缺氧，一般不登山。这次到了武夷绝顶仙游，没有感到心脏有负担。看来我的身体比前几年还要好一些，再工作几年，问题不大。当然，上山比年轻人要慢一些。因此，去年下半年偶尔会有的紧张感消失了。

我的写字、画画本是遣兴自娱而已，偶尔送一两件给熟朋友。后来求字求画者渐多。大概求索者以为这是作家的字画，不同于书家、画家之作，悬之室中，别有情趣耳，其实，都是不足观的。我写字、画画，不暇研墨，只用墨汁。写完、画完，也不洗砚盘、色碟，连笔也不涮。下次再写、再画，加一点墨汁。"宿墨"是纪实。今年（一九九〇年）一月十五日，画水仙金鱼，题了两句诗：

宜入新春未是春，
残笺宿墨隔年人。

这幅画的调子是灰的，一望而知用的是宿墨。用宿墨，只是懒，并非追求一种风格。

有一个文学批评用语我始终不懂是什么意思，叫作"淡化"。淡化主题、淡化人物、淡化情节，当然，最终是淡化政治。"淡化"总是不好的。我是被有些人划入淡化一类了的。我所不懂的是：淡化，是本来是浓的、不淡的，或应该是不淡的，硬把它化得淡了。我的作品确实是比较淡的，但它本来就是那样，并没有经过一个"化"的过程。我想了想，说我淡化，无非是说没有写重大题材，没有写性格复杂的英雄人物，

第三章 ● 难得最是得从容

没有写强烈的，富于戏剧性的矛盾冲突。但这是我的生活经历，我的文化素养，我的气质所决定的。我没有经历过太多的波澜壮阔的生活，没有见过叱咤风云的人物，你叫我怎么写？我写作，强调真实，大都有过亲身感受，我不能靠材料写作。我只能写我所熟悉的平平常常的人和事，或者如姜白石所说"世间小儿女"。我只能用平平常常的思想感情去了解他们，用平平常常的方法表现他们。这结果就是淡。但是"你不能改变我"，我就是这样，谁也不能下命令叫我照另外一种样子去写。我想照你说的那样去写，也办不到。除非把我回一次炉，重新生活一次。我已经七十岁了，回炉怕是很难。前年《三月风》杂志发表我一篇随笔，请丁聪同志画了我一幅漫画头像，编辑部要我自己题几句话，题了四句诗：

近事模糊远事真，

双眸犹幸未全昏。

衰年变法谈何易，

唱罢莲花又一春。

《绣襦记》《教歌》两个叫花子唱的"莲花落"有句"一年

春尽又是一年春",我很喜欢这句唱词。七十岁了,只能一年又一年,唱几句莲花落。

《七十书怀出律不改》,"出律"指诗的第五六两句失粘,并因此影响最后两句平仄也颠倒了。我写的律诗往往有这种情况,五六两句失粘。为什么不改?因为这是我要说的主要两句话,特别是第六句,所书之怀,也仅此耳。改了,原意即不妥帖。

我是赞成作家写评论的,也爱看作家所写的评论。

说实在的,我觉得评论家所写的评论实在有点让人受不了。结果是作法自毙。写评论的差事有时会落到我的头上。我认为评论家最让人受不了的,是他们总是那样自信。他们像我写的小说《鸡鸭名家》里的陆长庚一样,一眼就看出这只鸭是几斤几两,这个作家该打几分。我觉得写评论是非常冒险的事:你就能看得那样准?我没有这样的自信。人到一定岁数,就有为人写序的义务。我近年写了一些序。去年年底就写了三篇,真成了写序专家。写序也很难,主要是分寸不好掌握,深了不是,浅了不是。像周作人写序那样,不着边际,是个办法。但是,一,我没有那样大的学问;二,丝毫不涉及所序的作品,似乎有欠诚恳。因此,临笔踌躇,煞费脑筋。好像是法

第三章　难得最是得从容

朗士说过："关于莎士比亚，我所说的只是我自己。"写书评、写序，实际上是写写书评、写序的人自己。借题发挥，拿别人来"说事"，当然不太好，但是书评和序里总会流露出本人的观点，本人的文学主张。我不太希望我的观点、主张被了解，愿意和任何人保持一定的距离；但是自设屏障，拒人千里，把自己藏起来，完全不让人了解，似也不必。因此，"也写书评也作序"。

"不开风气不为师"，是从龚定庵的诗里套出来的。龚定庵的原句是："但开风气不为师。"龚定庵的诗貌似谦虚，实很狂傲。——龚定庵是谦虚的人么？但是龚定庵是有资格说这个话的。他确实是个"开风气"的。他的带有浓烈的民主色彩的个性解放思想撼动了一代人，他的宗法公羊家的奇崛矫矢的文体对于当时和后代都起了很大的影响。他的思想不成体系，不立门户，说是"不为师"倒也是对的。近四五年，有人说我是这个那个流派的始作俑者，这很出乎我的意外。我从来没有想到提倡什么，我绝无"来吾道夫先路"的气魄，我只是"悄没声地"自己写一点东西而已。有一些青年作家受了我的影响，甚至有人有意地学我，这情况我是知道的。我要诚恳地对这些青年作家说：不要这样。第一，不要"学"任何人。第二，不要学我。我希望青年作家在起步的时候写得新一点,怪一点,朦胧一点,荒诞一点,狂妄一点,不要过早地归于平淡。三四十岁就写得很淡,那,到我这样的年龄,怕就什么也没有了。这个意思,我在几篇序文中都说到,是真话。

看相的说我能活九十岁,那太长了!不过我没有严重的器质性的病,再对付十年,大概还行。我不愿当什么"离休干部",活着,就还得做一点事。我希望再出一本散文集,一本短篇小说集,把《聊斋新义》写完,如有可能,把酝酿已久的长篇历史小说《汉武帝》写出来。这样,就差不多了。

七十书怀,如此而已。

◆ 沈从文的寂寞
——浅谈他的散文 [1]

一九八一年,湖南人民出版社出了沈先生的散文选。选集中所收文章,除了一篇《一个传奇的故事》、一篇《张八寨二十分钟》,其余的《从文自传》《湘行散记》《湘西》,都是三十年代写的。沈先生写这些文章时才三十几岁,相隔已经半个世纪了。我说这些话,只是点明一下时间,并没有太多感慨。四十年前,我和沈先生到一个图书馆去,站在一架一架的图书面前,沈先生说:"看到有那么多人写了那么多书,我真是什么也不想写了!"古往今来,那么多人写了那么多书,书的命运,盈虚消长,起落兴衰,有多少道理可说呢。不过一个人被遗忘了多年,现在忽然又来出他的书,总叫人不能不想起一些问

---

[1] 为遵循作者原文原貌,故对本文中引用沈从文的文章中的字、词、标点用法与现今通行规范不一致的地方,未做改动,特此说明。

题。这有什么历史的和现实的意义?这对于今天的读者——主要是青年读者的品德教育、美感教育和语言文字的教育有没有作用?作用有多大?……

这些问题应该由评论家、文学史家来回答。我不想回答,也回答不了。我是沈先生的学生,却不是他的研究者(已经有几位他的研究者写出了很好的论文)。我只能谈谈读了他的散文后的印象。当然是很粗浅的。

文如其人。有几篇谈沈先生的文章都把他的人品和作品联系起来。朱光潜先生在《花城》上发表的短文就是这样。这是一篇好文章。其中说到沈先生是寂寞的,尤为知言。我现在也只能用这种办法。沈先生用手中一支笔写了一生,也用这支笔写了他自己。他本人就像一个作品,一篇他自己所写的作品那样的作品。

我觉得沈先生是一个热情的爱国主义者,一个不老的抒情诗人,一个顽强的不知疲倦的语言文字的工艺大师。

这真是一个少见的热爱家乡,热爱土地的人。他经常来往的是家乡人,说的是家乡话,谈的是家乡的人和事。他不止一次和我谈起棉花坡的渡船,谈起枫树坳,秋天,满城飘舞着枫叶。一九八一年他回凤凰一次,带着他的夫人和友人看了他

第三章 ● 难得最是得从容

的小说里所写过的景物,都看到了,水车和石碾子也终于看到了,没有看到的只是那个大型榨油坊。七十九岁的老人,说起这些,还像一个孩子。他记得的那样多,知道的那样多,想过的那样多,写了的那样多,这真是少有的事。他自己说他最满意的小说是写一条延长千里的沅水边上的人和事的。选集中的散文更全部是写湘西的。这在中国的作家里不多,在外国的作家里也不多。这些作品都是有所为而作的。

沈先生非常善于写风景。他写风景是有目的的。正如他自己所说:

一首诗或者仅仅二十八个字,一幅画大小不过一方尺,留给后人的印象,却永远是清新壮丽,增加人对于祖国大好河山的感情。(《张八寨二十分钟》)

风景不殊,时间流动。沈先生常在水边,逝者如斯,他经常提到的一个名词是"历史"。他想的是这块土地,这个民族的过去和未来。他的散文不是晋人的山水诗,不是要引人消沉出世,而是要人振作进取。

读沈先生的作品常令人想起鲁迅的作品,想起《故乡》

《社戏》(沈先生最初拿笔,就是受了鲁迅以农村回忆为题材的小说的影响,思想上也必然受其影响)。他们所写的都是一个贫穷而衰弱的农村。地方是很美的,人民勤劳而朴素,他们的心灵也是那样高尚美好,然而却在一种无望的情况中辛苦麻木地生活着。鲁迅的心是悲凉的。他的小说就混合着美丽与悲凉。湘西地方偏僻,被一种更为愚昧的势力以更为野蛮的方式统治着。那里的生活是"怕人"的,所出的事情简直是离奇的。一个从这种生活里过来的青年人,跑到大城市里,接受了"五四"以来的民主思想,转过头来再看看那里的生活,不能不感到痛苦。《新与旧》里表现了这种痛苦,《菜园》里表现了这种痛苦,《丈夫》《贵生》里也表现了这种痛苦,他的散文也到处流露了这种痛苦。土著军阀随便地杀人,一杀就是两三千。刑名师爷随便地用红笔勒那么一笔,又急忙提着长衫,拿着白铜水烟袋跑到高坡上去欣赏这种不雅观的游戏。卖菜的周家小妹被一个团长抢去了。"小婊子"嫁了个老烟鬼。一个矿工的女儿,十三岁就被驻防军排长看中,出了两块钱引诱破了身,最后咽了三钱烟膏,死掉了。……说起这些,能不叫人痛苦?这都是谁的责任?"浦市地方屠户也那么瘦了,是谁的责任?"——这问题看似提得可笑,实可悲。便是这种诙谐语气,

第三章 ● 难得最是得从容

也是从一种无可奈何的痛苦心境中发出的。这是一种控诉。在小说里，因为要"把道理包含在现象中"，控诉是无言的。在散文中有时就明明白白地说了出来。"读书人的同情，专家的调查，对这种人有什么用？若不能在调查和同情以外有一个'办法'，这种人总永远用血和泪在同样情形中打发日子。地狱俨然就是为他们而设的。他们的生活，正说明'生命'在无知与穷困包围中必然的种种。"（《辰溪的煤》）沈先生是一个不习惯于大喊大叫的人，但这样的控诉实不能说是十分"温柔敦厚"。不知道为什么他的这些话很少有人注意。

沈从文不是一个悲观主义者。个人得失事小，国家前途事大。他曾经明确提出："民族兴衰，事在人为。"就在那样黑暗腐朽（用他的说法是"腐烂"）的时候，他也没有丧失信心。他总是想激发青年的自尊心和自信心。"在事业上有以自现，在学术上有以自立。"他最反对愤世嫉俗，玩世不恭。在昆明，他就跟我说过："千万不要冷嘲。"一九四六年，我到上海，失业，曾想过要自杀，他写了一封长信把我大骂了一通，说我没出息。信中又提到"千万不要冷嘲"。他在《〈长河〉题记》中说："横在我们面前的许多事都使人痛苦，可是却不用悲观。社会还正在变化中，骤然而来的风风雨雨，说不定把许多人的高

207

尚理想，卷扫摧残，弄得无踪无迹，然而一个人对于人类前途的热忱，和工作的虔敬态度是应当永远存在，且必然能给后来者以极大鼓励的！"事情真奇怪，沈先生这些话是一九四二年说的，听起来却好像是针对"文化大革命"而说的。我们都经过那十年"痛苦怕人"的生活，国家暂时还有许多困难，有许多问题待解决。有一些青年，包括一些青年作家，不免产生冷嘲情绪，觉得世事一无可取，也一无可为。你们是不是可以听听一个老作家四十年前所说的这些很迂执的话呢？

我说这些话好像有点岔了题。不过也还不是离题万里。我的目的只是想说说沈先生的以民族兴亡为己任的爱国热情。

沈先生关心的是人，人的变化，人的前途。他几次提家乡人的品德性格被一种"大力"所扭曲、压扁。"去乡已十八年，一入辰河流域，什么都不同了。表面上看来，事事物物自然都有了极大进步，试仔细注意注意，便见出在变化中的一种堕落趋势。最明显的事，即农村社会所保有那点正直朴素的人情美，几乎快要消失无余，代替而来的却是近二十年实际社会培养成功的一种唯实唯利的庸俗人生观。敬鬼神畏天命的迷信固然已经被常识所摧毁，然而做人时的义利取舍是非辨别也随同浪没了。"(《〈长河〉题记》)他并没有想把时间拉回去，回到封

第三章 ● 难得最是得从容

建宗法社会，归真返璞。他明白，那是不可能的。他只是希望能在一种新的条件下，使民族的热情、品德，那点正直朴素的人情美能够得到新的发展。他在回忆了划龙船的美丽情景后，想到"我们用什么方法，就可使这些人心中感觉一种对'明天'的'惶恐'，且放弃过去对自然的和平态度，重新来一股劲儿，用划龙船的精神活下去？这些人在娱乐上的狂热，就证明这种狂热能换个方向，就可使他们还配在世界上占据一片土地，活得更愉快更长久一些。不过有什么方法，可以改造这些人的狂热到一件新的竞争方面去，可是个费思索的问题。"（《箱子岩》）"希望到这个地面上，还有一群精悍结实的青年，来驾驭钢铁征服自然，这责任应当归谁？"——"一时自然不会得到任何结论。"他希望青年人能活得"庄严一点，合理一点"，这当然也只是"近乎荒唐的理想"。不过他总是希望着。

他把希望寄托在几个明慧温柔、天真纯粹的小儿女身上，寄托在翠翠身上，寄托在《长河》里的三姊妹身上，也寄托在"一个多情水手与一个多情妇人"身上。——这是一篇写得很美的散文。牛保和那个不知名字的妇人的爱，是一种不正常的爱（这种不正常不该由他们负责），然而是一种非常淳朴真挚，非常美的爱。这种爱里闪耀着一种悠久的民族品德的光。

209

沈先生在《〈长河〉题记》中说:"在《边城》题记上,曾提起一个问题,即拟将'过去'和'当前'对照,所谓民族品德的消失与重造,可能从什么地方着手。《边城》中人物的正直和热情,虽然已经成为过去陈迹了,应当还保留些本质在年轻人的血里或梦里,相宜环境中,即可重新燃起年轻人的自尊心和自信心。"提起《边城》和沈先生的许多其他作品,人们往往愿意和"牧歌"这个词联在一起。这有一半是误解。沈先生的文章有一点牧歌的调子。所写的多涉及自然美和爱情,这也有点近似牧歌。但就本质来说,和中世纪的田园诗不是一回事,不是那样恬静无为。有人说《边城》写的是一个世外桃源,更全部是误解(沈先生在《桃源与沅州》中就把来到桃源县访幽探胜的"风雅"人狠狠地嘲笑了一下)。《边城》(和沈先生的其他作品)不是挽歌,而是希望之歌。民族品德会回来么?

这个人也许永远不回来了,也许明天回来!

回来了!你看看张八寨那个弄船女孩子!

第三章 ● 难得最是得从容

令我显得慌张的，并不是渡船的摇动，却是那个站在船头，嘱咐我不必慌张，自己却从从容容在那里当家作事的弄船女孩子。我们似乎相熟又十分陌生。世界上就真有这种巧事，原来她比我二十四年写到的一个小说中人翠翠，虽晚生十来岁，目前所处环境却仿佛相同，同样在这么青山绿水中摆渡，青春生命在慢慢长成。不同处是社会变化大，见世面多，虽对人无机心，而对自己生存却充满信心。一种"从劳动中得到快乐增加幸福成功"的信心。这也正是一种新型的乡村女孩子共同的特征。目前一位有一点与众不同，只是所在背景环境。

沈先生的重造民族品德的思想，不知道为什么，多年来不被理解。"我作品能够在市场上流行，实际上近于买椟还珠，你们能欣赏我故事的清新，照例那作品背后蕴藏的热情却忽略了；你们能欣赏我文字的朴实，照例那作品背后隐伏的悲痛也忽略了。""寄意寒星荃不察"，沈先生不能不感到寂寞。他的散文里一再提到屈原，不是偶然的。

寂寞不是坏事。从某个意义上，可以说寂寞造就了沈从文。

寂寞有助于深思，有助于想象。"我有自己的生活与思想，可以说是皆从孤独中得来的。我的教育，也是从孤独中得来的。"他的四十本小说，是在寂寞中完成的。他所希望的读者，也是"在多种事业里低头努力，很寂寞的从事于民族复兴大业的人"。(《〈长河〉题记》)安于寂寞是一种美德。寂寞的人是充实的。

寂寞是一种境界，一种很美的境界。沈先生笔下的湘西，总是那么安安静静的。边城是这样，长河是这样，鸭窠围、杨家岨也是这样。静中有动，静中有人。沈先生擅长用一些颜色、一些声音来描绘这种安静的诗境。在这方面，他在近代散文作家中可称圣手。

> 黑夜占领了全个河面时，还可以看到木筏上的火光，吊脚楼窗口的灯光，以及上岸下船在河岸大石间飘忽动人的火炬红光。这时节岸上船上都有人说话，吊脚楼上且有妇人在黯淡灯光下唱小曲的声音，每次唱完一支小曲时，就有人笑嚷。什么人家吊脚楼下有只小羊叫，固执而且柔和的声音，使人听来觉得忧郁。
>
> 这些人房子窗口既一面临河，可以凭了窗口呼喊

第三章 ● 难得最是得从容

河下船中人，当船上人过了瘾，胡闹已够，下船时，或者尚有些事情嘱托，或者其他原因，一个晃着火炬停顿在大石间，一个便凭立在窗口，"大老你记着，船下行时又来！""好，我来的，我记着的。""你见了顺顺就说：'会呢，完了；孩子大牛呢，脚膝骨好了；细粉带三斤，冰糖或片糖带三斤。'""记得到，记得到，大娘你放心，我见了顺顺大爷就说：'会呢，完了。大牛呢，好了。细粉来三斤，冰糖来三斤。'""杨氏，杨氏，一共四吊七，莫错账！""是的，放心呵，你说四吊七就四吊七，年三十夜莫会多要你的！你自己记着就是了。"这样那样的说着，我一一都可听到，而且一面还可以听着在黑暗中某一处咩咩的羊鸣。(《鸭窠围的夜》)

真是如闻其声。这样的河上河下喊叫着的对话，我好像在别一处也曾听到过。这是一些多么平常琐碎的话呀，然而这就是人世的生活。那只小羊固执而柔和地叫着，使沈先生不能忘记，也使我多年不能忘记，并且如沈先生常说的，一想起就觉得心里"很软"。

213

不多久，许多木筏皆离岸了，许多下行船也拔了锚，推开篷，着手荡桨摇橹了。我卧在船舱中，就只听到水面人语声，以及橹桨激水声，与橹桨本身被扳动时咿咿呀呀声。河岸吊脚楼上妇人在晓气迷濛中锐声的喊人，正如同音乐中的笙管一样，超越众声而上。河面杂声的综合，交织了庄严与流动，一切真是一个圣境。

岸上吊脚楼前枯树边，正有两个妇人，穿了毛蓝布衣服，不知商量些什么，幽幽的说着话。这里雪已极少，山头皆裸露作深棕色，远山则为深紫色。地方静得很，河边无一只船，无一个人，无一堆柴。河边某一个大石后面，有人正在捶捣衣服，一下一下的捣。对河也有人说话，却看不清楚人在何处。(《一个多情水手与一个多情妇人》)

"空山不见人，但闻人语响""竹喧归浣女，莲动下渔舟"，静中有动，以动为静，这是中国文学的一个长久的传统。但是这种境界只有一个摆脱浮世的营扰，习惯于寂寞的人方能于静观中得之。齐白石题画云："白石老人心闲气静时一挥。"寂寞

第三章 难得最是得从容

安静，是艺术创作所必需的气质。一个热衷于利禄、心气浮躁的人，是不能接近自然，也不能接近生活的。沈先生"习静"的方法是写字。在昆明，有一阵，他常常用毛笔在竹纸书写的两句诗是"绿树连村暗，黄花入麦稀"。我就是从他常常书写的这两句诗（当然不止这两句）里解悟到应该怎样用少量文字描写一种安静而活泼，充满生气的"人境"的。

  我就是个不想明白道理却永远为现象所倾心的人。我看一切，却并不把那个社会价值掺加进去，估定我的爱憎。我不愿问价钱上的多少来为万物作一个好坏批评，却愿意考查他在我官觉上使我愉快不愉快的分量。我永远不厌倦的是"看"一切。宇宙万汇在动作中，在静止中，在我印象里，我都能抓定它的最美丽与最调和的风度，但我的爱好显然却不能同一般目的相合。我不明白一切同人类生活相联结时的美恶，另外一句话来说，就是我不大领会伦理的美。接近人生时我永远是个艺术家的感情，却不是所谓道德君子的感情。（《自传·女难》）

沈先生五十年前所作的这个"自我鉴定"是相当准确的。他的这种诗人气质，从小就有，至今不衰。

《从文自传》是一本奇特的书。这本书可以从各种角度去看。你可以看到从辛亥革命到"五四"湘西一隅的怕人生活，了解一点中国历史；可以看到一个人"生活陷于完全绝望中，还能充满勇气与信心始终坚持工作，他的动力来源何在"，从而增加一点自己对生活的勇气与信心。沈先生自己说这是一本"顽童自传"。我对这本书特别感兴趣，是因为这是一本培养作家的教科书，它告诉我人是怎样成为诗人的。一个人能不能成为一个作家，童年生活是起决定作用的。首先要对生活充满兴趣，充满好奇心，什么都想看看。要到处看，到处听，到处闻嗅，一颗心"永远为一种新鲜颜色，新鲜声音，新鲜气味而跳"，要用感官去"吃"各种印象。要会看，看得仔细，看得清楚，抓得住生活中"最美的风度"；看了，还得温习，记着，回想起来还异常明朗，要用时即可方便地移到纸上。什么都去看看，要在平平常常的生活里看到它的美，它的诗意，它的亚细亚式残酷和愚昧。比如，熔铁，这有什么看头呢？然而沈先生却把这过程写了好长一段，写得那样生动！一个打豆腐的，因为一件荒唐的爱情要被杀头，临刑前柔弱地笑笑，"我记得这

第三章 难得最是得从容

个微笑,十余年来在我印象中还异常明朗"。(《清乡所见》)沈先生的这本《自传》中记录了很多他从生活中得到的美的深刻印象和经验。一个人的艺术感觉就是这样从小锻炼出来的。有一本书叫作《爱的教育》,沈先生这本书实可称为一本"美的教育"。我就是从这本薄薄的小书里学到很多东西,比读了几十本文艺理论书还有用。

沈先生是个感情丰富的人,非常容易动情,非常容易受感动(一个艺术家若不比常人更为善感,是不成的)。他对生活,对人,对祖国的山河草木都充满感情,对什么都爱着,用一颗蔼然仁者之心爱着。

山头一抹淡淡的午后阳光感动我,水底各色圆如棋子的石头也感动我。我心中似乎毫无渣滓,透明烛照,对万汇百物,对拉船人与小小船只,一切都那么爱着,十分温暖的爱着!(一九三四年一月十八日)

因为充满感情,才使《湘行散记》和《湘西》流溢着动人的光彩。这里有些篇章可以说是游记或报告文学,但不同于一般的游记或报告文学,它不是那样冷静,那样客观。有些篇,单看题目，如《常德的船》《沅陵的人》，尤其是《辰溪的煤》，真不知道这会是一些多么枯燥无味的东西，然而你看下去，你就会发现，一点都不枯燥！它不同于许多报告文学，是因为作者生于斯，长于斯，在这里生活过（而且是那样地生活过），它是凭作者自己的生活经验，凭亲历的第一手材料写的；不是凭采访调查材料写的。这里寄托了作者的哀戚、悲悯和希望，作者与这片地、这些人是血肉相关的，感情是深沉而真挚的，不像许多报告文学的感情是空而浅的，——尽管装饰了好多动情的词句。因为作者对生活熟悉且多情，故写来也极自如，毫无勉强，有时不厌其烦，使读者也不厌其烦；有时几笔带过，使读者悠然神往。

和抒情诗人气质相联系的，是沈先生还很富于幽默感。《一个爱惜鼻子的朋友》是一篇非常有趣的妙文。我每次看到："姓印的可算得是个球迷。任何人邀他去踢球，他皆高兴奉陪，球离他不管多远，他总得赶去踢那么一脚。每到星期天，军营中有人往沿河下游四里的教练营大操场同学兵玩球时，这个人也必参加热闹。大操场里极多牛粪，有一次同人争球，见牛粪也拼命一脚踢去，弄得另一个人全身一塌糊涂"，总难免失声大笑。这个人大概就是《自传》里提到的印鉴远。我好像见过这

第三章 ● 难得最是得从容

个人,黑黑,瘦瘦的,说话时爱往前探着头。而且无端地觉得他的脚背一定很高。细想想,大概是没有见过,我见过他的可能性极小。因为沈先生把他写得太生动,以至于使他在我印象里活起来了。沅陵的阙五老,是个多有风趣的妙人!沈先生的幽默是很含蓄蕴藉的。他并不存心逗笑,只是充满了对生活的情趣,觉得许多人、许多事都很好玩。只有一个心地善良、与人无忤、好脾气的人,才能有这种透明的幽默感。他是用微笑来看这个世界的,经常总是很温和地笑着,很少生气着急的时候。——当然也有。

仁者寿。因为这种抒情气质,从不大计较个人得失荣辱,沈先生才能经受了各种打击磨难,依旧还好好地活了下来。八十岁了,还是精力充沛,兴致勃勃。他后来"改行"搞文物研究,乐此不疲,每日孜孜,一坐下去就是十几个小时,也跟这点诗人气质有关。他搞的那些东西,陶瓷、漆器、丝绸、服饰,都是"物",但是他看到的是人,人的聪明,人的创造,人的艺术爱美心和坚持不懈的劳动。他说起这些东西时那样兴奋激动,赞叹不已,样子真是非常天真。他搞的文物工作,我真想给它起一个名字,叫作"抒情考古学"。

沈先生的语言文字功力,是举世公认的。所以有这样的功力,一方面是由于读书多。"由《楚辞》《史记》、曹植诗到'挂枝儿'曲,什么我都欢喜看看。"我个人觉得,沈先生的语言受魏晋人文章影响较大。试看:"由沅陵南岸看北岸山城,房屋接瓦连椽,较高处露出雉堞,沿山围绕,丛树点缀其间,风光入眼,实不俗气。由北岸向南望,则河边小山间,竹园、树木、庙宇、高塔、民居,仿佛各个位置都在最适当处。山后较远处群峰罗列,如屏如障,烟云变幻,颜色积翠堆蓝。早晚相对,令人想象其中必有帝子天神,驾螭乘蜺,驰骤其间。绕城长河,每年三四月春水发后,洪江油船颜色鲜明,在摇橹歌呼中联翩下驶。长方形大木筏,数十精壮汉子,各据筏上一角,举桡击水,乘流而下。就中最令人感动处,是小船半渡,游目四瞩,俨然四围皆山,山外重山,一切如画。水深流速,弄船女子,腰腿劲健,胆大心平,危立船头,视若无事。"(《沅陵的人》)这不令人想到郦道元的《水经注》?我觉得沈先生写得比郦道元还要好些,因为《水经注》没有这样的生活气息,他多写景,少写人。另外一方面,是从生活学,向群众学习。"我文字风格,假若还有些值得注意处,那只因为我记得水上人的言语太多了。"(《我的写作与水的关系》)沈先生所用的字有好些是直接从生活来,书上没有的。比如:"我一个人坐在灌满冷

第三章 ● 难得最是得从容

气的小小船舱中"的"灌"字(《箱子岩》),"把鞋脱了还不即睡,便镶到水手身旁去看牌"的"镶"字(《鸭窠引围的夜》)。这就同鲁迅在《高老夫子》里"我辈正经人犯不上酱在一起"的"酱"字一样,是用得非常准确的。这样的字,在生活里,群众是用着的,但在知识分子口中,在许多作家的笔下,已经消失了。我们应当在生活里多找找这种字。还有一方面,是不断地实践。

沈先生说:"本人学习用笔还不到十年,手中一支笔,也只能说正逐渐在成熟中,慢慢脱去矜持、浮夸、生硬、做作,日益接近自然。"(《从文自传·附记》)沈先生写作,共三十年。头一个十年,是试验阶段,学习使用文字阶段。当中十年,是成熟期。这些散文正是成熟期所写。成熟的标志,是脱去"矜持、浮夸、生硬、做作"。

沈先生说他的作品是一些"习作",他要试验用各种不同方法来组织铺陈。这几十篇散文所用的叙事方法就没有一篇是雷同的!

"一切作品都需要个性,都必须浸透作者人格和感情,想达到这个目的,写作时要独断,彻底的独断!(文学在这时代虽不免被当作商品之一种,便是商品,也有精粗,且即在同一物品上，制作者还可匠心独运，不落窠臼，社会上流行的风格，流行的款式，尽可置之不问。"(《从文小说习作选·代序》) 这在今天，对许多青年作家，也不失为一种忠告。一个作家，要有自己的风格，经得起时间的考验，必须耐得住寂寞，不要赶时髦，不要追求"票房价值"。

"虽然如此，我还预备继续我这个工作，且永远不放下我一点狂妄的想象，以为在另外一时，你们少数的少数，会越过那条间隔城乡的深沟，从一个乡下人的作品中，发现一种燃烧的感情，对于人类智慧与美丽永远的倾心，康健诚实的赞颂，以及对愚蠢自私极端憎恶的感情。这种感情且居然能刺激你们，引起你们对人生向上的憧憬，对当前一切的怀疑。先生，这打算在目前近于一个乡下人的打算是不是。然而到另外一时，我相信有这种事。"(《从文小说习作选·代序》) 莫非这"另外一时"已经到了么？

○ 老舍先生

北京东城乃兹府丰富胡同（今灯市口西街丰盛胡同）有一座小院。走进这座小院，就觉得特别安静，异常豁亮。这院子似乎经常布满阳光。院里有两棵不大的柿子树（现在大概已经很大了），到处是花，院里、廊下、屋里，摆得满满的。按季更换，都长得很精神，很滋润，叶子很绿，花开得很旺。这些花都是老舍先生和夫人胡絜青亲自莳弄的。天气晴和，他们把这些花一盆盆抬到院子里，一身热汗。刮风下雨，又一盆一盆抬进屋，又是一身热汗。老舍先生曾说："花在人养。"老舍先生爱花，真是到了爱花成性的地步，不是可有可无的了。汤显祖曾说他的词曲"俊得江山助"。老舍先生的文章也可以说是"俊得花枝助"。叶浅予曾用白描为老舍先生画像，四面都是花，老舍先生坐在百花丛中的藤椅里，微仰着头，意态悠远。这张画不是写实，意思恰好。

客人被让进了北屋当中的客厅，老舍先生就从西边的一间屋子走出来。这是老舍先生的书房兼卧室。里面陈设很简单,一桌、一椅、一榻。老舍先生腰不好,习惯睡硬床。老舍先生是文雅的、彬彬有礼的。他的握手是轻轻的,但是很亲切。茶已经沏出色了,老舍先生执壶为客人倒茶。据我的印象,老舍先生总是自己给客人倒茶的。

老舍先生爱喝茶,喝得很勤,而且很酽。他曾告诉我,到莫斯科去开会,旅馆里倒是为他特备了一只暖壶。可是他沏了茶,刚喝了几口,一转眼,服务员就给倒了。"他们不知道,中国人是一天到晚喝茶的!"

有时候,老舍先生正在工作,请客人稍候,你也不会觉得闷得慌。你可以看看花。如果是夏天,就可以闻到一阵一阵香白杏的甜香味儿。一大盘香白杏放在条案上,那是专门为了闻香而摆设的。你还可以站起来看看西壁上挂的画。

老舍先生藏画甚富,大都是精品。所藏齐白石的画可谓"绝品"。壁上所挂的画是时常更换的。挂的时间较久的,是白石老人应老舍点题而画的四幅屏。其中一幅是很多人在文章里提到过的"蛙声十里出山泉"。"蛙声"如何画?白石老人只画了一脉活泼的流泉,两旁是乌黑的石崖,画的下端画了几只摆尾的蝌蚪。画刚刚裱起来时,我上老舍先生家去,老舍先生对

第三章 难得最是得从容

白石老人的设想赞叹不止。

老舍先生极其爱重齐白石,谈起来总是充满感情。我所知道的一点白石老人的逸事,大都是从老舍先生那里听来的。老舍先生谈这四幅里原来点的题有一句是苏曼殊的诗(是哪一句我忘记了),要求画卷心的芭蕉。老人踌躇了很久,终于没有应命,因为他想不起芭蕉的心是左旋还是右旋的了,不能胡画。老舍先生说:"老人是认真的。"老舍先生谈起过,有一次要拍齐白石的画的电影,想要他拿出几张得意的画来,老人说:"没有!"后来由他的学生再三说服动员,他才从画案的隙缝①中取出一卷(他是木匠出身,他的画案有他自制的"消息儿"),外面裹着好几层报纸,写着四个大字:"此是废纸。"打开一看,都是惊人的杰作——就是后来纪录片里所拍摄的。白石老人家里人口很多,每天煮饭的米都是老人亲自量,用一个香烟罐头。"一下、两下、三下……行了!"——"再添一点,再添一点!"——"吃那么多呀!"有人曾提出把老人接出来住,这么大岁数了,不要再操心这样的家庭琐事。老舍先生知道了,给拦了,说:"别!他这么着惯了。不叫他干这些,他就活不成

---

① 即"缝隙、裂缝"。

了。"老舍先生的意见表现了他对人的理解，对一个人生活习惯的尊重，同时也表现了对白石老人真正的关怀。

老舍先生很好客，每天下午，来访的客人不断。作家，画家，戏曲、曲艺演员……老舍先生都是以礼相待，谈得很投机。

每年，老舍先生要把市文联的同人约到家里聚两次。一次是菊花开的时候，赏菊。一次是他的生日——我记得是腊月二十三。酒菜丰盛，而有特点。酒是"敞开供应"，汾酒、竹叶青、伏特加，愿意喝什么喝什么，能喝多少喝多少。有一次很郑重地拿出一瓶葡萄酒，说是毛主席送来的，让大家都喝一点。菜是老舍先生亲自拈配的。老舍先生有意叫大家尝尝地道的北京风味。我记得有一次用一瓷钵芝麻酱炖黄花鱼。这道菜我从未吃过，以后也再没有吃过。老舍家的芥末墩是我吃过的最好的芥末墩！有一年，他特意订了两大盒"盒子菜"。直径三尺许的朱红扁圆漆盒，里面分开若干格，装的不过是火腿、腊鸭、小肚、口条之类的切片，但都很精致。熬白菜端上来了，老舍先生举起筷子："来来来！这才是真正的好东西！"

老舍先生对他下面的干部很了解，也很爱护。当时市文联的干部不多，老舍先生对每个人都相当清楚。他不看干部的档

第三章 ● 难得最是得从容

案，也从不找人"个别谈话"，只是从平常的谈吐中就了解一个人的水平和才气，那是比看档案要准确得多的。老舍先生爱才，对有才华的青年，常常在各种场合称道，"平生不解藏人善，到处逢人说项斯"。而且所用的语言在有些人听起来是有点过甚其词，不留余地的。老舍先生不是那种惯说模棱两可、含糊其辞、温吞水一样的官话的人。我在市文联几年，始终感到领导我们的是一位作家。他和我们的关系是前辈与后辈的关系，不是上下级关系。老舍先生这样"作家领导"的作风在市文联留下很好的影响，大家都平等相处，开诚布公，说话很少顾虑，都有点书生气、书卷气。他的这种领导风格，正是我们今天很多文化单位的领导所缺少的。

老舍先生是市文联的主席，自然也要处理一些"公务"，看文件，开会，做报告（也是由别人起草的）……但是作为一个北京市的文化工作的负责人，他常常想一些别人没有想到或想不到的问题。

北平解放前有一些盲艺人，他们沿街卖艺，有时还兼带算命，生活很苦。他们的"玩意儿"和睁眼的艺人不全一样。老舍先生和一些盲艺人熟识，提议把这些盲艺人组织起来，使他们的生活有出路，别让他们的"玩意儿"绝了。为了引起各方面的重视，他把盲艺人请到市文联演唱了一次。老舍先生亲自主持，做了介绍，还特烦两位老艺人翟少平、王秀卿唱了一段《当皮箱》。这是一个喜剧性的牌子曲，里面有一个人物是当铺的掌柜，说山西话；有一牌子叫"鹦哥调"，句尾和声用喉舌做出有点像母猪拱食的声音，很特别，很逗。这个段子和这个牌子，是睁眼艺人没有的。老舍先生那天显得很兴奋。

北京有一座智化寺，寺里的和尚做法事和别的庙里的不一样，演奏音乐。他们演奏的乐调不同凡响，很古。所用乐谱别人不能识，记谱的符号不是工尺，而是一些奇奇怪怪的笔道。乐器倒也和现在常见的差不多，但主要的乐器却是管。据说这是唐代的"燕乐"。解放后，寺里的和尚多半已经各谋生计了，但还能集拢在一起。老舍先生把他们请来，演奏了一次。音乐界的同志对这堂活着的古乐都很感兴趣。老舍先生为此也感到很兴奋。

《当皮箱》和"燕乐"的下文如何，我就不知道了。

老舍先生是历届北京市人民代表。当人民代表就要替人民说话，以前人民代表大会的文件汇编是把代表提案都印出来的。有一年老舍先生的提案是：希望政府解决芝麻酱的供应问题。那一年北京芝麻酱缺货。老舍先生说："北京人夏天离不开

第三章 难得最是得从容

芝麻酱！"不久，北京的油盐店里有芝麻酱卖了，北京人又吃上了香喷喷的麻酱面。

老舍是属于全国人民的，首先是属于北京人的。

一九五四年，我调离北京市文联，以后就很少上老舍先生家里去了。听说他有时还提到我。

◆ 铁 凝 印 象

"我对给他人写印象记一直持谨慎态度,我以为真正理解一个人是困难的,通过一篇短文便对一个人下结论则更显得滑稽。"铁凝说得很对。我接受了让我写写铁凝的任务,但是到快交卷的时候,想了想,我其实并不了解铁凝。也没有更多的时间温习一下一些印象中的片段,考虑考虑。文章发排在即,只好匆匆忙忙把一枚没有结熟的"生疙瘩"送到读者面前,张家口一带把不熟的瓜果叫作"生疙瘩"。

四次作代会期间,有一位较铁凝年长的作家问铁凝:"铁凝,你是姓铁吗?"她正儿八经地回答:"是呀。"这是一点小狡狯。她不姓铁,姓屈,屈原的屈。我不知道她为什么不告诉那年纪稍长的作家实话。姓屈,很好嘛!她父亲作画署名"铁扬",她们姊妹就跟着一起姓起铁来。铁凝有一个值得叫人羡慕的家庭,一个艺术的家庭。铁凝是在一个艺术的环境中长大

第三章 ● 难得最是得从容

的。铁扬是个"不凡"的画家。——铁凝拿了我在石家庄写的大字对联给铁扬看,铁扬说了两个字:"不凡"。我很喜欢这个高度概括,无可再简的评语,这两个字我可以回赠铁扬,也同样可以回赠给他的女儿。铁凝的母亲是教音乐的。铁扬夫妇是更叫人羡慕的,因他们生了铁凝这样的女儿。"生子当如孙仲谋",生女当如屈铁凝。上帝对铁扬一家好像特别钟爱。且不说别的,铁凝每天要供应父亲一瓶啤酒。一瓶啤酒,能值几何?但是倒在啤酒杯里的是女儿的爱!

上帝在人的样本里挑了一个最好的,造成了铁凝。又聪明,又好看。四次作代会之后,作协组织了一场晚会,让有模有样的作家登台亮相。策划这场晚会的是疯疯癫癫的张辛欣和《人民文学》的一个胖胖乎乎的女编辑,——对不起,我忘了她叫什么。二位一致认为,一定得让铁凝出台。那位小胖子也是小疯子的编辑说:"女作家里,我认为最漂亮的是铁凝!"我准备投她一票,但我没有表态,因为女作家选美,不干我这大老头什么事。

铁凝长得不高不矮,不胖不瘦,两腿修长,双足秀美,行步动作都很矫健轻快。假如要用最简练的语言形容铁凝的体态,只有两个最普通的字:挺拔。她面部线条清楚,不是圆乎乎地像一颗大香白杏儿。眉浓而稍直,眼亮而略狭长。不论什么时候都是精精神神,清清爽爽的,好像是刚刚洗了一个澡。我见过铁凝的一些照片。她的照片大致可分为两类。一类是露齿而笑的。不是"巧笑倩兮"那样自我欣赏也叫人欣赏的"巧笑",而是坦率真诚,胸无渣滓的开怀一笑。一类是略带忧郁地沉思。大概这是同时写在她的眉宇间的性格的两个方面。她有时表现出有点像英格丽·褒曼的气质,天生的纯净和高雅。有一张放大的照片,梳着蓬松的喜发(铁凝很少梳这样的发型),很像费雯丽。我当面告诉铁凝,铁凝笑了,说:"又说我像费雯丽,你把我越说越美了。"她没有表示反对。但是铁凝不是英格丽·褒曼,也不是费雯丽,铁凝就是铁凝,世间只有一个铁凝。

　　铁凝胆子很大。我没想到她爱玩枪,而且枪打得不错。她大概也敢骑马!她还会开汽车。在她挂职到涞水期间,有一次乘车回涞水,从驾驶员手里接过方向盘,呼呼就开起来。后排坐着两个干部,一个歪着脑袋睡着了,另一个推醒了他,说:"快醒醒!你知道谁在开车吗?——铁凝!"睡着了的干部两眼一睁,睡意全消。把性命交给这么个姑奶奶手上,那可太玄乎了!她什么都敢干。她写东西也是这样:什么都敢写。

　　铁凝爱说爱笑。她不是腼腆的,不是矜持渊默的,但也不

第三章 ● 难得最是得从容

是家雀一样叽叽喳喳,哨起来没个完。有一次我说了一个嘲笑河北人的有点粗俗的笑话:一个保定老乡到北京,坐电车,车门关得急,把他夹住了。老乡大叫:"夹住俺腚了!夹住俺腚了!"售票员问:"怎么啦!"——"夹住俺腚了!"售票员明白了,说:"北京这不叫腚。"——"叫什么?"——"叫屁股。"——"哦!"——"老大爷您买票吧。您到哪儿呀。"——"安定门!"铁凝大笑,她给续了一段:"车开了,车上人多,车门被挤开了,老乡被挤下去了,——'哦,自动的!'"铁凝很有幽默感。这在女作家里是比较少见的。

  关于铁凝的作品,我不想多谈,因为我只看过一部分,没有时间通读一遍。就印象言,铁凝的小说也可以大致分为两类。一类《哦,香雪》一样清新秀润的。"清新"二字被人用滥了,其实这是很不容易做到的。河北省作家当得起清新二字的,我看只有两个人,一是孙犁,一是铁凝。这一类作品抒情性强,笔下含蓄。另一类,则是社会性较强的,笔下比较老辣。像《玫瑰门》里的若干章节,如"生吃大黄猫",下笔实可谓带着点残忍,惊心动魄。王蒙深为铁凝丢失了清新而惋惜,我见稍有不同。现实生活有时是梦,有时是严酷的、粗粝的。对粗粝的生活只能用粗粝的笔触写之。即便是女作家,也不能一辈子只是写"女郎诗"。我以为铁凝小说有时亦有男子气,这正是她在走向成熟的路上迈出的坚实的一步。

  我很希望能和铁凝相处一段时间,仔仔细细读一遍她的全部作品,好好地写一写她,但是恐怕没有这样的机遇。而且一个人感觉到有人对她跟踪观察,便会不自然起来。那么到哪儿算哪儿吧。

❂ 随 遇 而 安

我当了一回右派，真是三生有幸。要不然我这一生就更加平淡了。

我不是在一九五七年被打成右派的，是在一九五八年"补课"补上的，因为本系统指标不够。划右派还要有"指标"，这也有点奇怪。这指标不知是一个什么人所规定的。

一九五七年我曾经因为一些言论而受到批判，那是作为思想问题来批判的。在小范围内开了几次会，发言都比较温和，有的甚至可以说很亲切。事后我还是照样编刊物，主持编辑部的日常工作，还随单位的领导和几个同志到河南林县调查过一次民歌。那次出差，给我买了一张软席卧铺车票，我才知道我已经享受"高干"待遇了。第一次坐软卧，心里很不安。我们在洛阳吃了黄河鲤鱼，随即到林县的红旗渠看了两三天。凿通了太行山，把漳河水引到河南来，水在山腰的石渠中活活地流着，很叫人感动。收集了不少民歌。有的民歌很有农民式的浪漫主义的想象，如想到将来渠里可以有"水猪""水羊"，想到将来少男少女都会长得很漂亮。上了一次中岳嵩山。这里运载石料的交通工具主要是用人力拉的排子车，特别处是在车上装了一面帆，布帆受风，拉起来轻快得多。帆本是船上用的，这里却施之陆行的板车上，给我十分新鲜的印象。我们去的时候正是桐花盛开的季节，漫山遍野摇曳着淡紫色的繁花，如同梦境。从林县出来，有一条小河。河的一面是峭壁，一面是平野，岸边密植杨柳，河水清澈，沁人心脾。我好像曾经见过这条河，以后还会看到这样的河。这次旅行很愉快，我和同志们也相处得很融洽，没有一点隔阂，一点别扭。这次批判没有使我觉得受了伤害，没有留下阴影。

一九五八年夏天，一天（我这人很糊涂，不记日记，许多事都记不准时间），我照常去上班，一上楼梯，过道里贴满了围攻我的大字报。要拔掉编辑部的"白旗"，措辞很激烈，已经出现"右派"字样。我顿时傻了。运动，都是这样：突然袭击。其实背后已经策划了一些日子，开了几次会，做了充分的准备，只是本人还被蒙在鼓里，什么也不知道。这可以说是暗算。但愿这种暗算以后少来，这实在是很伤人的。如果当时量

第三章　难得最是得从容

一量血压，一定会猛然增高。我是有实际数据的。"文化大革命"中我一天早上看到一批侮辱性的大字报，到医务所量了量血压，低压110，高压170。平常我的血压是相当平稳正常的，90—130。我觉得卫生部应该发一个文件：为了保障人民的健康，不要再搞突然袭击式的政治运动。

开了不知多少次批判会。所有的同志都发了言，不发言是不行的。我规规矩矩地听着，记录下这些发言。这些发言我已经完全都忘了，便是当时也没有记住，因为我觉得这好像不是说的我，是说的另外一个别的人，或者是一个根本不存在的、假设的、虚空的对象。有两个发言我还留下印象。我为一组义和团故事写过一篇读后感，题目是《仇恨·轻蔑·自豪》。这位同志说："你对谁仇恨？轻蔑谁？自豪什么？"我发表过一组极短的诗，其中有一首《早春》，原文如下：

（新绿是朦胧的，飘浮在树杪，完全不像是叶子……）

远树绿色的呼吸。

批判的同志说:"连呼吸都是绿的了,你把我们的社会主义社会污蔑到了什么程度?!"听到这样的批判,我只有停笔不记,愣在那里。我想辩解两句,行么?当时我想:鲁迅曾说费厄泼赖应该缓行,现在本来应该到了可行的时候,但还是不行。中国大概永远没有费厄的时候。所谓"大辩论",其实是"大辩认",他辩你认。稍微辩解,便是"态度问题"。态度好,问题可以减轻;态度不好,加重。问题是问题、态度是态度,问题大小是客观存在,怎么能因为态度如何而膨大或收缩呢?许多错案都是因为本人为了态度好而屈认,而造成的。假如再有运动(阿弥陀佛,但愿真的不再有了),对实事求是、据理力争的同志应予表扬。

开了多次会,批判的同志实在没有多少可说的了。那两位批判"仇恨·轻蔑·自豪"和"绿色的呼吸"同志当然也知道这样的批判是不能成立的。批判"绿色的呼吸"的同志本人是诗人,他当然知道诗是不能这样引申解释的。他们也是没话找话说,不得已。我因此觉得开批判会对被批判者是过关,对批判者也是过关。他们也并不好受。因此,我当时就对他们没有怨恨,甚至还有点同情。我们以前是朋友,以后的关系也不错。我记下这两个例子,只是说明批判是一出荒诞戏剧,如莎

第三章 ● 难得最是得从容

士比亚说,所有的上场的人都只是角色。

我在一篇写右派的小说里写过:"写了无数次检查,听了无数次批判,……她不再觉得痛苦,只是非常的疲倦。她想:定一个什么罪名,给一个什么处分都行,只求快一点,快一点过去,不要再开会,不要再写检查。"这是我的亲身体会。其实,问题只是那一些,只要写一次检查,开一次会,甚至一次会不开,就可以定案。但是不,非得开够了"数"不可。原来运动是一种疲劳战术,非得把人搞得极度疲劳,身心交瘁,丧失一切意志,瘫软在地上不可。我写了多次检查,一次比一次更没有内容,更不深刻,但是我知道,就要收场了,因为大家都累了。

结论下来了:定为一般右派,下放农村劳动。

我当时的心情是很复杂的。我在那篇写右派的小说里写道:"……她带着一种奇怪的微笑。"我那天回到家里,见到爱人说,"定成右派了",脸上就是带着这种奇怪的微笑的。我也不知道我为什么要笑。

我想起金圣叹。金圣叹在临刑前给人写信,说:"杀头,至痛也,而圣叹于无意中得之,亦奇。"有人说这不可靠。金圣叹给儿子的信中说:"字谕大儿知悉,花生米与豆腐干同嚼,有火

239

腿滋味。"有人说这更不可靠。我以前也不大相信，临刑之前，怎能开这种玩笑？现在，我相信这是真实的。人到极其无可奈何的时候，往往会生出这种比悲号更为沉痛的滑稽感。鲁迅说金圣叹"化屠夫的凶残为一笑"，鲁迅没有被杀过头，也没有当过右派，他没有这种体验。

另一方面，我又是真心实意地认为我是犯了错误，是有罪的，是需要改造的。我下放劳动的地点是张家口沙岭子。离家前我爱人单位正在搞军事化，受军事训练，她不能请假回来送我。我留了一个条子："等我五年，等我改造好了回来。"就背起行李，上了火车。

右派的遭遇各不相同，有幸有不幸。我这个右派算是很幸运的，没有受多少罪，我下放的单位是一个地区性的农业科学研究所。所里有不少技师、技术员，所领导对知识分子是了解的，只是在干部和农业工人的组长一级介绍了我们的情况（和我同时下放到这里的还有另外几个人），并没有在全体职工面前宣布我们的问题。不少农业工人（也就是农民）不知道我们是来干什么的，只说是毛主席叫我们下来锻炼锻炼的。因此，我们并未受到歧视。

初干农活，当然很累。像起猪圈、刨冻粪这样的重活，真

第三章 ● 难得最是得从容

够一戗。我这才知道"劳动是沉重的负担"这句话的意义。但还是咬着牙挺过来了。我当时想：只要我下一步不倒下来，死掉，我就得拼命地干。大部分的农活我都干过，力气也增长了，能够扛一百七十斤重的一麻袋粮食稳稳地走上和地面成四十五度角那样陡的高跳。后来相对固定在果园上班。果园的活比较轻松，也比"大田"有意思。最常干的活是给果树喷波尔多液。硫酸铜加石灰，兑上适量的水，便是波尔多液，颜色浅蓝如晴空，很好看。喷波尔多液是为了防治果树病害，是常年要喷的。喷波尔多液是个细致活。不能喷得太少，太少了不起作用；不能太多，太多了果树叶子挂不住，流了。叶面、叶背都得喷到。许多工人没这个耐心，于是喷波尔多液的工作大部分落在我的头上，我成了喷波尔多液的能手。喷波尔多液次数多了，我的几件白衬衫都变成了浅蓝色。

我们和农业工人干活在一起，吃住在一起。晚上被窝挨着被窝睡在一铺大炕上。农业工人在枕头上和我说了一些心里话，没有顾忌。我这才比较切近地观察了农民，比较知道中国的农村，中国的农民是怎么一回事。这对我确立以后的生活态度和写作态度是很有好处的。

我们在下面也有文娱活动。这里兴唱山西梆子（中路梆子），工人里不少都会唱两句。我去给他们化妆。原来唱旦角的都是用粉妆，——鹅蛋粉、胭脂、黑锅烟子描眉。我改成用戏剧油彩，这比粉妆要漂亮得多。我勾的脸谱比张家口专业剧团的"黑"（山西梆子谓花脸为"黑"）还要干净讲究。遇春节，沙岭子堡（镇）闹社火，几个年轻的女工要去跑旱船，我用油底浅妆把她们一个个打扮得如花似玉，轰动一堡，几个女工高兴得不得了。我们和几个职工还合演过戏，我记得演过的有小歌剧《三月三》、崔巍的独幕话剧《十六条枪》。一年除夕，在"堡"里演话剧，海报上特别标出一行字：

  台上有布景

  这里的老乡还没有见过个布景。这布景是我们指导着一个木工做的。演完戏，我还要赶火车回北京。我连妆都没卸干净，就上了车。

  一九五九年底给我们几个人做鉴定，参加的有工人组长和部分干部。工人组长一致认为：老汪干活不藏奸，和群众关系好，"人性"不错，可以摘掉右派帽子。所领导考虑，才下来一年，太快了，再等一年吧。这样，我就在一九六〇年在交了一

第三章 难得最是得从容

个思想总结后,经所领导宣布:摘掉右派帽子,结束劳动。暂时无接收单位,在本所协助工作。

我的"工作"主要是画画。我参加过地区农展会的美术工作(我用多种土农药在展览牌上粘贴出一幅很大的松鹤图,色调古雅,这里的美术中专的一位教员曾特别带着学生来观摩),我在所里布置过"超声波展览馆"("超声波"怎样用图像表现?声波是看不见的,没有办法,我就画了农林牧副渔多种产品,上面一律用圆规蘸白粉画了一圈又一圈同心圆)。我的"巨著",是画了一套《中国马铃薯图谱》。这是所里给我的任务。

这个所有一个下属单位"马铃薯研究站",设在沽源。为什么设在沽源?沽源在坝上,是高寒地区(有一年下大雪,沽源西门外的积雪跟城墙一般高)。马铃薯本是高寒地带的作物。马铃薯在南方种几年,就会退化,需要到坝上调种。沽源是供应全国薯种的基地,研究站设在这里,理所当然。这里集中了全国各地、各个品种的马铃薯,不下百来种,我在张家口买了纸、颜色、笔,带了在沙岭子新华书店买得的《癸巳类稿》、《十驾斋养新录》和两册《容斋随笔》(沙岭子新华书店进了这几种书也很奇怪,如果不是我买,大概永远也卖不出去),就坐长途汽车，奔向沽源，其时在八月下旬。

我在马铃薯研究站画《图谱》，真是神仙过的日子。没有领导，不用开会，就我一个人，自己管自己。这时正是马铃薯开花，我每天蹚着露水，到试验田里摘几丛花，插在玻璃杯里，对着花描画。我曾经给北京的朋友写过一首长诗，叙述我的生活。全诗已忘，只记得两句：

坐对一丛花，

眸子炯如虎。

下午，画马铃薯的叶子。天渐渐凉了，马铃薯陆续成熟，就开始画薯块。画一个整薯，还要切开来画一个剖面，一块马铃薯画完了，薯块就再无用处，我于是随手埋进牛粪火里，烤烤，吃掉。我敢说，像我一样吃过那么多品种的马铃薯的，全国盖无第二人。

沽源是绝塞孤城。这本来是一个军台。清代制度，大臣犯罪，往往由帝皇批示"发往军台效力"，这处分比充军要轻一些（名曰"效力"，实际上大臣自己并不去，只是闲住在张家口，花钱雇一个人去军台充数）。我于是在《容斋随笔》的扉页上，

第三章　难得最是得从容

用朱笔画了一方图章，文曰：

效力军台

白天画画，晚上就看我带去的书。

一九六二年初，我调回北京，在北京京剧团担任编剧，直至离休。

摘掉右派分子帽子，不等于不是右派了。"文革"期间，有人来外调，我写了一个旁证材料。人事科的同志在材料上加了批注：

该人是摘帽右派。所提供情况，仅供参考。

我对"摘帽右派"很反感，对"该人"也很反感。"该人"跟"该犯"差不了多少。我不知道我们的人事干部从什么地方学来的这种带封建意味的称谓。

"文化大革命"，我是本单位第一批被揪出来的，因为有"前科"。

"文革"期间给我贴的大字报，标题是：

老右派，新表演

我搞了一些时期"样板戏"，江青似乎很赏识我，于是忽然有一天宣布："汪曾祺可以控制使用。"这主要当然是因为我曾是右派。在"控制使用"的压力下搞创作，那滋味可想而知。

一直到一九七九年给全国绝大多数"右派分子"平反，我才算跟右派的影子告别。我到原单位去交材料，并向经办我的专案的同志道谢："为了我的问题的平反，你们做了很多工作，麻烦你们了，谢谢！"那几位同志说："别说这些了吧！二十年了！"

有人问我："这些年你是怎么过来的？"他们大概觉得我的精神状态不错，有些奇怪，想了解我是凭仗什么力量支持过来的。我回答：

"随遇而安。"

丁玲同志曾说她从被划为右派到北大荒劳动，是"逆来顺受"。我觉得这太苦涩了，"随遇而安"，更轻松一些。"遇"，当然是不顺的境遇;"安",也是不得已。不"安",又怎么着呢?既已如此,何不想开些。如北京人所说:"哄自己玩儿。"当然,也不完全是哄自己。生活,是很好玩的。

随遇而安不是一种好的心态,这对民族的亲和力和凝聚力是会产生消极作用的。这种心态的产生,有历史的原因(如受老庄思想的影响),本人气质的原因(我就不是具有抗争性格的人),但是更重要的是客观,是"遇",是环境的,生活的,尤其是政治环境的原因。中国的知识分子是善良的。曾被打成右派的那一代人,除了已经死掉的,大多数都还在努力地工作。他们的工作的动力,一是要证实自己的价值。人活着,总得做一点事。二是对生我养我的故国未免有情。但是,要恢复对在上者的信任,甚至轻信,恢复年轻时的天真的热情,恐怕是很难了。他们对世事看淡了,看透了,对现实多多少少是疏离的。受过伤的心总是有瘢的。人的心,是脆的。

这是没有办法的事。

为政临民者,可不慎乎。

◇ 无事此静坐

我的外祖父治家整饬,他家的房屋都收拾得很清爽,窗明几净。他有几间空房,檐外有几棵梧桐,室内木榻、漆桌、藤椅。这是他待客的地方。但是他的客人很少,难得有人来。这几间房子是朝北的,夏天很凉快。南墙挂着一条横幅,写着五个正楷大字:

无事此静坐

我很欣赏这五个字的意思。稍大后,知道这是苏东坡的诗,下面的一句是:

一日当两日

第三章　难得最是得从容

事实上,外祖父也很少到这里来。倒是我常常拿了一本闲书,悄悄走进去,坐下来一看半天,看起来,我小小年纪,就已经有一点隐逸之气了。

静,是一种气质,也是一种修养。诸葛亮云:"非淡泊无以明志,非宁静无以致远。"心浮气躁,是成不了大气候的。静是要经过锻炼的,古人叫作"习静"。唐人诗云:"山中习静观朝槿,松下清斋折露葵。""习静"可能是道家的一种功夫,习于安静确实是生活于扰攘的尘世中人所不易做到的。静,不是一味地孤寂,不闻世事。我很欣赏宋儒的诗:"万物静观皆自得,四时佳兴与人同。"唯静,才能观照万物,对于人间生活充满盎然的兴致。静是顺乎自然,也是合乎人道的。

世界是喧闹的。我们现在无法逃到深山里去,唯一的办法是闹中取静。毛主席年轻时曾采取了几种锻炼自己的方法,一种是"闹市读书"。把自己的注意力高度集中起来,不受外界干扰,我想这是可以做到的。

这是一种习惯,也是环境造成的。我下放张家口沙岭子农业科学研究所劳动,和三十几个农业工人同住一屋。他们吵吵闹闹,打着马锣唱山西梆子,我能做到心如止水,照样看书、写文章。我有两篇小说,就是在震耳的马锣声中写成的。这种功夫，多年不用，已经退步了，我现在写东西总还是希望有个比较安静的环境，但也不必一定要到海边或山边的别墅中才能构思。

大概有十多年了，我养成了静坐的习惯。我家有一对旧沙发，有几十年了。我每天早上泡一杯茶，点一支烟，坐在沙发里，坐一个多小时。虽是悠然独坐，然而浮想联翩。一些故人往事，一些声音、一些颜色、一些语言、一些细节，会逐渐在我的眼前清晰起来，生动起来。这样连续坐几个早晨，想得成熟了，就能落笔写出一点东西。我的一些小说、散文，常得之于清晨静坐之中。曾见齐白石一幅小画，画的是淡蓝色的野藤花，有很多小蜜蜂，有颇长的题记，说这是他家的野藤，开花时游蜂无数，他有个孙子曾被蜂螫，现在这个孙子也能画这种藤花了，最后两句我一直记得很清楚："静思往事，如在目底。"这段题记是用金冬心体写的，字画皆极娟好。"静思往事，如在目底"，我觉得这是最好的创作心理状态。就是下笔的时候，也最好心里很平静，如白石老人题画所说："心闲气静时一挥。"

我是个比较恬淡平和的人，但有时也不免浮躁，最近就有点如我家乡话所说"心里长草"。我希望政通人和，使大家能安安静静坐下来，想一点事，读一点书，写一点文章。

◆ 难得最是得从容

千秋一净裘盛戎,

遗像宛然沐清风。

虎啸龙吟余事耳,

难能最是得从容。

裘盛戎幼年失学,文化不高,但是对艺术有特殊的禀赋。他的艺术感极好,对剧情、人物理解极深,反应极快,而且表现得非常准确。导演有什么要求,一点就破,和编剧、导演很默契。导过他的戏的导演都说:给盛戎导戏,很省事,不用"阐述""启发"这一套,几句话就行了。

《杜鹃山》(老本)有一场"打长工",雷刚认为长工和地主是一回事,把长工打了,事后看到长工身上的伤痕,非常后悔。有这样两句唱:

> 他遍体伤痕都是豪绅罪证,
> 我怎能在他的旧伤痕上再加新伤痕!

唱腔是流水。练唱的时候我在旁边,说:"老兄,你不能就这样'数'过去,得有个过程,得真看到伤痕,心里悔恨。"盛戎想了想说:"我再来来。"其实也很简单,他把"旧伤痕上"唱"散了",加了一个单音的弹拨乐小垫头,然后再回到原尺寸。这样,眼里、心里就都充满仇恨。在场听唱的,齐声说:"好!就是这样!"《杜鹃山》有一稿有一场"烤番薯"。毒蛇胆在山下杀人放火,残害乡亲,雷刚受军纪约束,一时不能下山拯救百姓,心如火焚,按捺不住。山上断粮,只能每人发一个番薯当饭。番薯在火里烤出了香味,勾起雷刚想起乡亲们多年对他的好处:

> 一块番薯掰两半,
> 曾受深恩三十年……

盛戎把两句压低了音散,唱得很"虚",表现出雷刚对乡亲们的思念,既深且远。

第三章　难得最是得从容

盛戎善于运用音色、体形的变化塑造不同的人物。他演的铫期端肃威重，俨然是一位坐镇一方的开国老臣，一位王爷。他演的周处（《除三害》），把开氅往肩上一搭，倚里歪斜地就下了场，完全是一个痞子，一个天桥耍胳臂的"杂不地"。——这种不从程式而从生活出发塑造人物的方法在花脸里很少见。

盛戎的身体条件不太好，不像"十全大面"金少山那样的魁梧。他比较瘦，但是也有他的优越条件：肩宽，腰细，扮戏很"受装"。他扮出来的《盗御马》的窦尔敦，箭衣板平。这样的箭衣装当得起北京人爱说的一个字：帅。裘派装是很讲究的。盛戎有一件平金白蟒，全用金线，绣的是一条整龙。这件一条龙的平金绣蟒真是美极了，——当然也得看是什么人穿。

盛戎的脸比较瘦削，勾出脸来不易好看，但是他能弥补自己的缺陷。他一般不演曹操，因为曹操的盔头压得低，更显得演员脸小。盛戎勾脸的特点是干净，细致，每一笔都有起落，有交代。铫期的眉子是略有深浅的，不是简单两个圆形的黑点子。包拯两颊揉红，恰到好处，不像有些唱花脸的演员把脸画成了两个大海茄子。即便是窦尔敦的花三块瓦，也是清清楚楚，一笔是一笔，不让人有"乱七八糟"之感。他弥补脸形的诀窍是以神带形，首先要表现出人物的品格气质，这样本来是一般化的脸谱就有了不一般的表情。他演的铫期，透过眼窝还能充分表现出眼神，并且眼神的内涵很丰富。

盛戎的戏也有节奏较快的，如《盗御马》，但是快而不乱。一般人物都演得很从容，不火爆，不论是什么性格，都有一种发自于中的儒雅，即一般常说的"书卷气"。这就提高了人物品格，增加了人物的深度。花脸而有书卷气，此裘派之所以为裘派，这是寻常花脸所达不到的。

盛戎不大爱活动。他常出来遛个小弯，从西河沿到虎坊桥，脚步较慢，不慌不忙，潇潇洒洒，比许多知识分子更像知识分子，——盛戎曾自嘲，说他是个没有文化的文化人，一个没有知识的高级知识分子。到虎坊桥练功厅略坐一坐，找人聊聊天，工夫不大，就通达回去了。他的家居生活也比较清简，他不喜欢高朋满座，吵嚷喧哗。偶尔在家请几个熟朋友，菜不过数道，但做得很讲究。有一次请唐在炘、熊承旭和我吃饭，有一盘香菜炒鸡丝。香菜是特供的，香菜肥而极嫩。有一次在鸿宾楼请我吃涮肉，涮的不是羊肉，而是鸿宾楼特为给留下的一块极嫩的牛肉。不要乱七八糟的佐料，只是一碟酱油，切几个蒜片。盛戎这种饮食口味，淡而能浓，存本味，得清香，和他对艺术的赏鉴是相关的。

第三章 ● 难得最是得从容

　　除了看看报,给儿子拉胡琴吊嗓子,教徒弟,做身段示范外,他大部分时间盘膝坐在床上一个人琢磨戏。他晚年特别重视气口。他说:花脸一句唱得用多少气?年轻时全凭火力壮,现在上了岁数,得在气口上下功夫。他精研气口,深有心得。比如《智取威虎山》李勇奇唱的"扫平那威虎山我一马当先",一般花脸都唱成"一马——当先"。盛戎说,叫我,我唱成这样:"我一马当——先","当"字唱在上面,和"一马当"一口气,然后换气,再单独唱"先",这样"先"字气才显足。他很欣赏《智取威虎山》"同志们语重心长"的"长"字唱段,不拖泥带水。他是唱花脸的,但对程派兴趣很大,认为花脸运腔,可以参考。

　　盛戎在台上,在平常生活里,都从容不迫,他走得可是过于匆匆了。他去世时才五十六岁,活到今天,也只是八十岁,本来可以留下更多的东西,现在只搜集到不多的图片,可供后人凝眸怀想,是可悲也。

❂ 要有益于世道人心

要有一个清楚、明确的世界观。

我解放前的小说是苦闷和寂寞的产物。我是迷惘的,我的世界观是混乱的,写到后来就几乎写不下去了。近二年我写了一些小说,其中一部分是写旧社会的,这些小说所写的人和事,大都是我十六七岁以前得到的印象。为什么我长时期没有写,到了我过了六十岁,才写出来了呢?大概是因为我比较成熟了,我的世界观比较稳定了。有一篇小说(《异秉》)我在一九四八年就写过一次,一九八〇年又重写了一次。前一篇是对生活的一声苦笑,揶揄的成分多,甚至有点玩世不恭。我自己找不到出路,也替我写的那些人找不到出路。后来的一篇则对下层的市民有了更深厚的同情。我想把生活中美好的东西、真实的东西,人的美、人的诗意告诉别人,使人们的心得到滋润,从而提高对生活的信念。如果我的世界观是混乱的,

第三章　难得最是得从容

我自己对生活缺乏信心，我怎么能使别人提高信心呢？我不从生活中感到欢乐，就不能在我的作品中注入内在的欢乐。写旧生活，也得有新思想。可以写混乱的生活，但作者的思想不能混乱。

要对读者负责。

解放前我很少想到读者。一篇小说发表了，得到二三师友称赞，即为己足。近二年写小说，我仍以为我的读者面是很窄的。最近听说，我的读者不像我想的那样少，有一些知识青年、青年工人和公社干部也在读我的小说。这使我觉得很惶恐，产生一种沉重的责任感，觉得这不是闹着玩的事。社会主义国家的作家写作，还是得考虑社会效果，真不该是作者就是那样写写，读者就是那样读读。"文章千古事，得失寸心知"，得失，首先是社会的得失。我有一个朴素的、古典的想法：总得有益于世道人心。